S

LAS TRES EDADES

Y DIJO LA ESFINGE:
SE MUEVE A CUATRO PATAS
POR LA MAÑANA,
CAMINA ERGUIDO
AL MEDIODÍA
Y UTILIZA TRES PIES
AL ATARDECER.
¿QUÉ COSA ES?
Y EDIPO RESPONDIÓ:
EL HOMBRE.

LA ALUCINANTE HISTORIA DE JUANITO TOT Y VERÓNICA FLUT

(Los niños que intentaron
batir todos los récords)

ANDRÉS BARBA

Ilustraciones de Rafa Vivas

Las Tres Edades **Ediciones Siruela**

Esta obra ha sido publicada con una subvención de la Dirección General
del Libro, Archivos y Bibliotecas del Ministerio de Cultura,
para su préstamo público en Bibliotecas Públicas, de acuerdo con lo
previsto en el artículo 37.2 de la Ley de Propiedad Intelectual

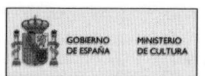

Todos los derechos reservados. Ninguna parte de esta publicación
puede ser reproducida, almacenada o transmitida en manera alguna
ni por ningún medio, ya sea eléctrico, químico, mecánico, óptico,
de grabación o de fotocopia, sin permiso previo del editor.

Colección dirigida por Michi Strausfeld
Diseño gráfico: Gloria Gauger
© Andrés Barba, 2008
© De las ilustraciones, Rafa Vivas
© Ediciones Siruela, S. A., 2008
c/Almagro 25, ppal. dcha. 28010 Madrid
Tel.: + 34 91 355 57 20 Fax: + 34 91 355 22 01
siruela@siruela.com www.siruela.com
ISBN: 978-84-9841-216-1
Depósito legal: M-30.516-2008
Impreso en Rigormagráfic
Printed and made in Spain

Índice

LA ALUCINANTE HISTORIA DE JUANITO TOT Y VERÓNICA FLUT

Este es Juanito Tot	13
Esta es Verónica Flut	17
Las terroríficas pruebas de Klaus Wintermorgen	23
El único, el inigualable, el supermagnífico recordman mundial Klaus Wintermorgen	31
Calzas Bancar Andras Sarratapa Fandargangan cuenta su triste, tristísima (casi la más triste del mundo) historia	41

Juanito Tot y Verónica Flut intentan
batir varios récords en el Quinto Pino   45

Juanito Tot y Verónica Flut intentan
batir varios récords donde Manolo
pegó las tres voces   53

Juanito Tot y Verónica Flut intentan
batir su récord en la Papelerra, con
la ayuda de los papelanos   61

Juanito Tot y Verónica Flut dan una
vuelta al mundo y luego a Juanito Tot
se le ocurre una cosa   69

La visita oficial, el diploma, el hombre
del libro de los récords, su primo y
otras cosas   75

La fiesta más grande del mundo   83

LA ALUCINANTE HISTORIA
DE JUANITO TOT Y VERÓNICA FLUT

A Verónica Flut, que existe, y se llama
Verónica Bello Arias.
A Telmo, que acaba de nacer,
este primer cuento.

Este es Juanito Tot

ste es Juanito Tot. Juanito es pequeño, rubio, y entre sus habilidades se encuentran: correr (bien), dar saltos (bastante bien), la peonza (regular), fútbol (bastante bien), juegos de cartas (bien), cerrar los ojos fuerte hasta ver puntitos blancos (bastante bien), concentrarse para soñar lo que quiere (regular). Vive en una casa pequeña, porque es pequeño, y porque sus padres también son bastante pequeños. Todo el mundo comenta a veces lo pequeña que es la familia Tot. Tiene dos hermanos mayores (pequeños también) y una hermana bebé pequeñísima que es capaz de meterse su propio pie en la boca sin ayuda de las manos, cosa que no pueden hacer ni Juanito Tot ni sus hermanos, aunque ya lo han intentado varias veces. Sus padres son granjeros y tienen seis vacas, cinco ovejas, cuatro cabras, tres gallinas, dos caballos, un perro y cero mulos. La madre de Jua-

nito Tot desea desesperadamente comprar un mulo, y se pasa todo el día preguntando que a ver cuándo van a comprarlo.

De noche casi siempre cenan espaguetis. La madre los cuece, el padre los cuela, los hermanos los mojan en agua y Juanito se los come más que nada. Le encantan los espaguetis, blancos, sin tomate, con muchísimo queso rayado, hasta que hace montaña. Luego revuelve la montaña, y se mete todos los que puede en la boca.

–¡Me encantan los espaguetis! –grita, porque le gustan tanto que no lo puede soportar, y hay veces que le encantaría que hubiese una palabra nueva para decir lo que le gustan los espaguetis, una palabra que significara «encantar», pero en muchísimo. Y un día se la inventa, la palabra es: «retinduntungunflintear»–. ¡Me retinduntungunflintean los espaguetis! –grita.

–No digas tonterías, niño –dice el padre de Juanito Tot.

A Juanito Tot le gusta, más que nada, batir récords. Ha batido ya varios récords, en su propia casa y en el colegio. Un día los contó, unos cuarenta. Sin exagerar. Ha batido, por ejemplo, el récord de comerse el que más rápido un plato de espaguetis casi lleno (dos minutos, siete segundos), el de carreras a la patacoja de su clase desde la puerta del colegio hasta el árbol en el que un día un profesor de deportes se le quedó colgada una zapatilla (dos minutos, siete segundos), el de aguantar bajo el agua en la bañera de casa sin respirar y sin hacer trampas (dos minutos, siete segundos), el de recoger su cuarto (dos minutos, siete segundos). Un día se preguntó por qué siempre tardaba dos minutos y siete segundos en hacerlo todo. Se rascó la cabeza durante dos minutos y siete segundos, mientras lo pensaba. Un misterio. Casualidades de la vida.

«Alucinante», pensó.

A Juanito Tot le gustaba bastante aquella palabra: «alucinante» y la decía siempre que podía.

–¿Jugamos al fútbol, Juanito?
–Alucinante.
–¿Qué tal las vacaciones, Juanito?
–Alucinante.

Y si nadie le preguntaba nada entonces buscaba él mismo una frase para poner la palabra:

–¿Sabes que mi hermana bebé es capaz de meterse su propio pie en la boca sin tocarlo con las manos? Alucinante...

A Juanito Tot le tenían mucho respeto en el colegio porque, aunque era pequeño, había batido bastantes récords.

Un día, cuando ya se iba a su casa por la tarde, Juanito Tot descubrió que en la entrada del colegio alguien misterioso había colgado un cartel enorme.

SE BUSCAN NIÑOS
CAPACES DE BATIR RÉCORDS.
INTERESADOS,
VENID URGENTEMENTE.

Firmado: **Klaus Wintermorgen**
(Recordman mundial)

–Alucinante –dijo Juanito Tot.

Y se fue corriendo a pedir permiso a sus padres, a ver si le dejaban, casi batió el récord: dos minutos, siete segundos.

Esta es Verónica Flut

sta es Verónica Flut. Verónica es altísima y morena, con los ojos almendrados y bastante guapa. Entre sus habilidades se encuentran: correr (bastante bien), saltar (bien), leer la mente (regular, sólo a veces), conseguir que el perro levante la pata cuando ella se lo pide mentalmente (dos veces seguidas), pestañear rápido (bastante bien), hablar al revés (bastante bien). Vive en una casa enorme, porque todos en su casa son bastante grandes, incluido el perro. Su padre es empresario y tiene seis fábricas, cinco camiones, cuatro productos, tres oficinas, dos tiendas, un ordenador y cero impresoras. La madre de Verónica Flut siempre está diciendo que a ver cuándo compran la impresora, que ella tiene un montón de cosas que le gustaría imprimir. Verónica tiene dos hermanas mayores (gigantes). Mariana y Mercedes, tan gi-

gantes que se tuvieron que ir de casa porque casi ni cabían.

De noche cenaban filete. Su madre los descongelaba, su padre los freía, sus hermanas los ponían en los platos y Verónica se los comía más que nada. A Verónica le volvía loca el filete. Pensaba que podría pasarse la vida comiendo filete de todas las formas posibles; asado, frito, en bocata, con patatas o con pimientos, con ajito, empanado o a la barbacoa.

Un día el padre de Verónica le dijo que el universo era infinito y ella se quedó pensando aquello bastante tiempo. A Verónica le gustaba bastante pensar en el infinito. Y si pudiera estaría, igual que comiendo filetes, pensando en el infinito infinitamente. Porque era increíble que algo nunca se terminara, por ejemplo el espacio, ibas todo lo lejos que podías, incluso con la mente, y encima ni siquiera ahí se terminaba, sino que seguía, infinito. Más que el doble, más que el triple, más que si lo multiplicabas por mil veces y luego por otras mil, y el resultado, mil veces por mil veces, ni siquiera ahí se terminaba, ni siquiera había empezado, aquello era nada para el infinito, como una piedrecita minúscula, una mota de polvo, por eso era infinito. Y había que decirlo despacio: «IN-FI-NI-TO». Pero no podías pensarlo mucho, el infinito, que te mareabas.

Cuando no estaba pensando en el infinito, Verónica Flut estaba batiendo récords. Se le daba bastante bien

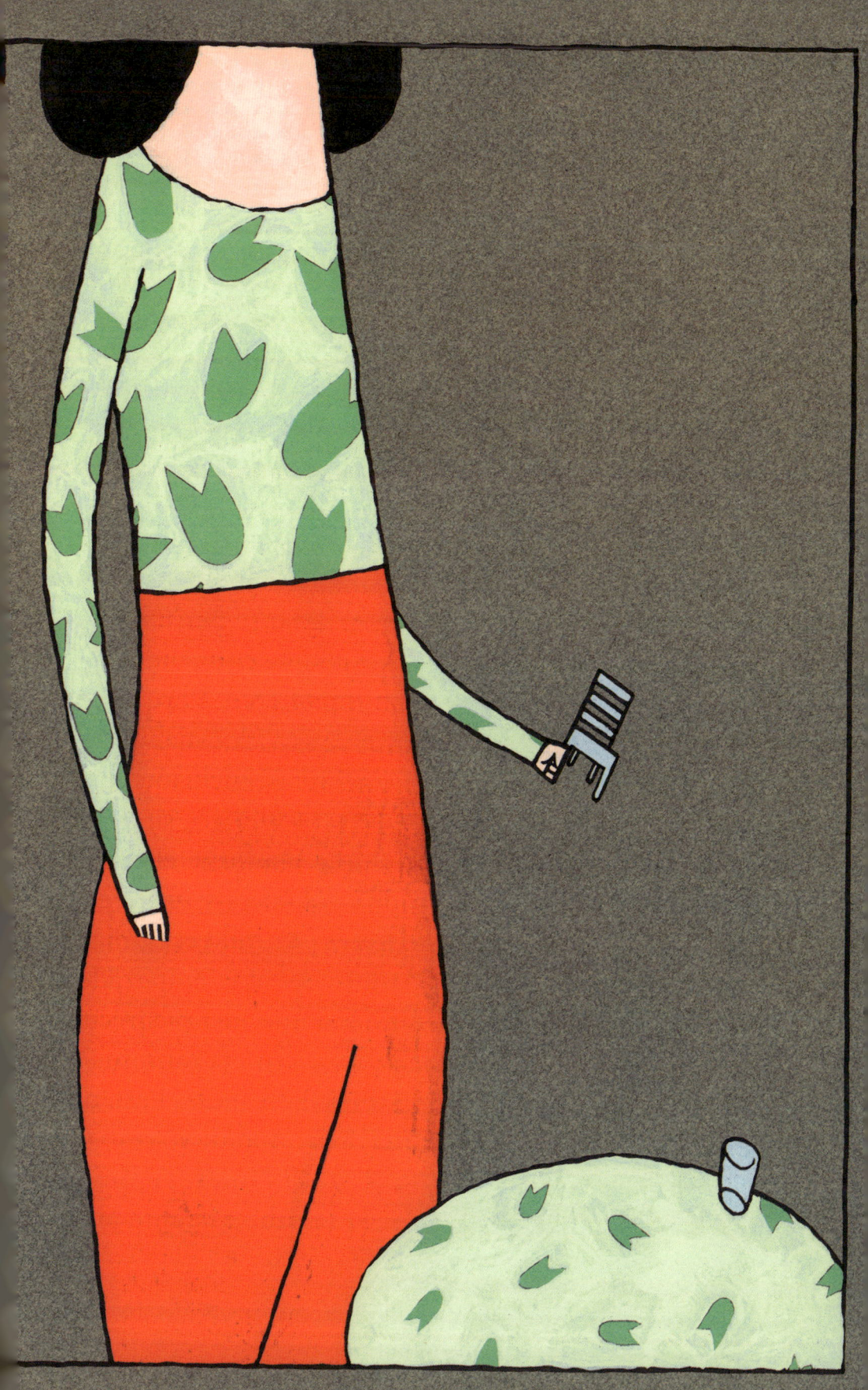

batir récords. Había batido casi cuarenta (los contó un día, exagerando un poco). Había batido por ejemplo el de una vuelta al patio con un ojo tapado (con los dos, imposible) en dos minutos, siete segundos. Y el de hacer que el perro le diera la pata cincuenta veces seguidas (dos minutos, siete segundos), y el de aguantar la pelota de tenis entre la nariz y la frente sin que se cayera (dos minutos, siete segundos), y el de aguantar sin pestañear (dos minutos, siete segundos). Y como siempre le daba el tiempo dos minutos siete segundos, se ponía a pensar que toda su vida iba a estar intentando batir récords y que siempre iban a salir dos minutos siete segundos, infinitamente.

Un día, mientras estaba intentando batir el récord de regar las plantas (dos minutos, siete segundos) su hermana Mercedes la llamó a gritos para que fuera a ver la televisión.

—Mira, Verónica, esto te interesa mucho.

En la pantalla apareció un hombre bastante delgado, con el pelo blanco, muy mayor. A sus espaldas había una mansión enorme, llena de almenas de castillo.

—Hola, niños del mundo —dijo el hombre de la televisión—, mi nombre es Klaus Wintermorgen, soy el hombre que más récords ha batido del mundo, por eso me llaman recordman mundial. Este castillo que veis a mis espaldas, por ejemplo, es el castillo con más almenas del mundo, pero también el castillo con más puertas y ventanas, con más ladrillos, con más felpudos de «bienvenido» y con más esquinas con una telaraña en ellas. Seis récords en un solo castillo. ¿No está mal, verdad? Y muchos más que no conocéis...

–Es increíble –dijo Verónica Flut, y se quedó con la boca abierta.

–Me dirijo a vosotros porque estoy buscando niños para una misión bastante especial: batir un récord del mundo que yo no pueda batir. Para ello realizaré unas pruebas muy complicadas en mi castillo Wintermorgen, y de entre todos los que participen seleccionaré a dos, sólo a DOS NIÑOS –dijo Klaus Wintermorgen, mientras levantaba dos dedos larguísimos y afilados (los dos dedos más largos y afilados del mundo: cincuenta y un centímetros).

–Me encantaría ir –dijo Verónica Flut.

–Las pruebas comenzarán el domingo al amanecer. Y todos los niños que participen deberán venir SIN PADRES, ellos solos, porque son pruebas bastante peligrosas. Adiós.

Apagaron la televisión.

–¿Puedo ir? –preguntó Verónica Flut a sus padres.

–No sé... –respondió su padre.

–Por favor, por favor, por favor, por... –Y verónica Flut repitió todo lo rápido que pudo «por favor» durante dos minutos y siete segundos, batió su récord: 374 veces.

Las terroríficas pruebas de Klaus Wintermorgen

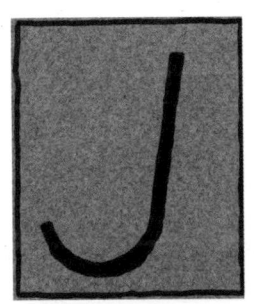uanito Tot y Verónica Flut se conocieron en la cola de entrada al castillo de Klaus Wintermorgen la mañana de domingo de las pruebas. Se cayeron muy bien desde el principio. Aunque físicamente eran muy distintos se parecían bastante en lo demás, a los dos les encantaba batir récords. Mientras esperaban a que llegara su turno, un viejo bastante viejo que estaba allí y que se sabía miles de historias les contó la verdadera historia de Klaus Wintermorgen.

–¿Queréis saberla? –preguntó.

–¡Sí! –gritaron a la vez Juanito Tot y Verónica Flut.

–Klaus Wintermorgen nació como un niño normal, hace ahora muchos años. Tenía un padre y una madre y un perro y una casa. Pero sucedió un día que, como le gustaba mucho investigar se alejó de su casa, y se cayó a un pozo batiendo su primer récord mundial; el del niño de tres años que se caía a un pozo tan grande. Tuvo mucha suerte, porque en el fondo del pozo vivían los duendes Arapajoes, unos duendes pequeñísimos que van vestidos de indios, y estuvo viviendo con ellos durante cinco años, hasta que cumplió los ocho. Al principio se llevaba muy bien con los duendes Arapajoes, pero cuando creció echó de menos a su familia y les dijo que se quería marchar. Los duendes Arapajoes se enfadaron muchísimo y le echaron una maldición. El pequeño jefe de los duendes Arapajoes, que se llamaba Arapajito Allaquevoy, le dijo: «No nos puedes abandonar. Si nos abandonas te echaré una maldición para que estés obsesionado toda tu vida con batir récords del mundo. Vayas donde vayas nada te importará, sólo batir récords del mundo, y sólo podrás pensar en eso, y todas las cosas que no sean batir récords del mundo te importarán un pepino».

–Glop –hizo Juanito Tot.

–Glup –hizo Verónica Flut.

–«Y así te pasarás toda la vida», siguió diciéndole el jefe Arapajito Allaquevoy, «hasta que alguien bata un récord del mundo que tú no puedas batir. Cuando eso ocurra, la maldición Arapajoe terminará, y tú serás un hombre feliz». Eso fue lo que le dijo, así que ya sabéis por qué os ha llamado Klaus Wintermorgen; si conseguís batir un récord que él no pueda batir, la maldición terminará y por fin podrá ser un hombre feliz que no quiere batir récords del mundo constantemente.

La historia les encantó a Juanito Tot y a Verónica Flut, y a la vez les dio un poco de miedo.

—Ojalá seamos nosotros los dos seleccionados, me caes muy bien Juanito Tot —dijo Verónica Flut.

—Eso sería alucinante, me encanta batir récords —contestó Juanito.

Las pruebas fueron dificilísimas, y había una cola de 15.432 niños, de todos los colores, de todos los países. En la primera tanda (tiro de pelota lo más alto posible) fueron eliminados 9.567. En la segunda (aguantar cosquillas sin reírse) tuvieron que marcharse 3.673 (2.435 se hicieron pis de la risa nada más empezar). Las pruebas las organizaba el ayudante personal de Klaus Wintermorgen, cuyo nombre era Calzas Bancar Andras Sarratapa Fandargangan. Calzas era delgado como un palo, pero tenía el culo como una pera.

—Hola niños, mi nombre es Calzas Bancar Andras Sarratapa Fandargangan, soy el hombre que más «aes» tiene en su nombre de todo el mundo, y desde hace años trabajo como ayudante personal de Klaus Wintermorgen, recordman mundial. Después de las dos primeras pruebas han sido eliminados un total de 13.240 niños, ahora quedáis 2.192. Y faltan aún las pruebas más difíciles.

—Glop —hizo Juanito Tot.

–Glup –hizo Verónica Flut.

–Venid conmigo al jardín de las terroríficas pruebas.

Verónica Flut y Juanito Tot hicieron un pacto: nunca se separarían en el jardín, se ayudarían el uno al otro, así sería más fácil pasar las pruebas. La prueba consistía en cruzar el jardín y llegar hasta la puerta del castillo.

–Eso es muy fácil –dijeron algunos niños.

–De eso nada –replicó Calzas–, este jardín está lleno de peligros, ya lo veréis. Os dejo aquí, yo no os puedo ayudar más.

Y cuando terminó de hablar se tiró un pedo y salió volando por los aires, porque Calzas podía volar con sus propios pedos a una velocidad increíble. También tenía el récord del mundo de vuelo con pedo, dos kilómetros y medio.

Entraron en un jardín enorme lleno de palmeras y plantas tropicales. Había pájaros y flores tan extrañas que no se podían ver en ningún otro jardín, porque el jardín de Klaus Wintermorgen tenía el récord del mundo de flores y plantas exóticas. Nada más empezar vieron un cartel que decía:

SI QUIERES PASAR ESTA PRUEBA,
PRUEBA A HABLAR DE OTRA MANERA.

Firmado: **Klaus Wintermorgen**

Juanito Tot y Verónica Flut lo entendieron enseguida: tenían que hablarse en un idioma inventado. Verónica le hizo una señal con los ojos, para decirle a Juanito que a partir de ahora hablarían al revés. Juanito le guiñó un ojo al revés, para decirle que la había entendido perfectamente.

–¿Isa olbah is sdneitne em? –preguntó Verónica Flut.

–Etnematcefrep –contestó Juanito Tot.

Y luego se rieron de alegría:

–¡Aj aj aj aj aj aj!

Pero muchos niños seguían hablando normal, y en cuanto hablaban salía una catapulta del suelo y los catapultaba hacia el espacio exterior, hasta que del niño solo se veía un puntito.

–Osorgilep yum se, odadiuc –dijo Verónica.

–Is –contestó Juanito.

Atravesando el bosque tropical llegaron a un lago enorme, lleno de peces que saltaban y de aves rarísimas. Un cartel muy grande decía:

SI DE VERDAD PUEDES BATIR
UN RÉCORD DEL MUNDO,
CRUZARÁS ESTE LAGO
EN UN SEGUNDO.

Firmado: **Klaus Wintermorgen**

Ahora que ya habían pasado los peligros de la primera prueba podían hablar normal si querían, y Juanito dijo:

–Tenemos que pensar un poco, Verónica Flut. Para batir un récord del mundo hace falta valor y también ingenio. Tenemos que pensar algo que requiera valor e ingenio para cruzar el lago.

–Ya lo tengo –contestó Verónica–. Mira esas palmeras de ahí, son muy flexibles. Podemos hacer una catapulta con una cuerda, como la que expulsaba a los niños en el bosque. Si nos ponemos encima cruzaremos el lago de un solo salto.

–Alucinante.

Juanito Tot y Verónica Flut hicieron una catapulta con la palmera y se sentaron junto a los cocos, dados de la mano.

–Y ahora atención, que vamos a volar.

Juanito cortó la cuerda y los dos salieron volando por encima del lago. Mientras volaban, Calzas Bancar Andras, el ayudante de Klaus Wintermorgen, pasó volando a su lado, con su vuelo de pedo.

–Lo estáis haciendo muy bien, niños, de momento vais ganando –gritó.

Juanito Tot y Verónica Flut cayeron sobre unos arbustos, al otro lado del lago, muertos de la risa. Nunca habían volado hasta entonces y la sensación había sido divertidísima. Se encontraban ahora frente a una cuesta muy empinada que había que subir para llegar al castillo. Un gran cartel decía:

TENDRÁS QUE SUBIR
ESTA PENDIENTE, PERO NO COMO
LA GENTE CORRIENTE.

Firmado: **Klaus Wintermorgen**

—¡Tenemos que darnos prisa, Juanito, los otros niños nos están alcanzando! —gritó Verónica Flut.

—Déjame pensar —respondió Juanito y se quedó mirando la cuesta atentamente.

Los demás niños intentaban subir, pero en seguida caían rodando cuesta abajo.

—Es imposible, nunca lo conseguiremos —susurró desalentada Verónica Flut.

—No, Verónica, ya tengo la solución... Mira atentamente esas piedras negras de allí, junto al árbol... Míralas bien, ¿no ves nada extraño?

—No, ¿qué pasa?

—Pues pasa que no son piedras, son tortugas... ¿lo ves? Tortugas gigantes. Si nos montamos encima nos llevarán hasta la puerta del castillo...

—Qué buenas ideas tienes, Juanito Tot —gritó Verónica.

Fueron corriendo y se montaron encima, y vieron

cómo poco a poco iban dejando atrás a todos los demás niños, hasta que llegaron a la puerta gigante del castillo donde les esperaba Calzas Bancar.

–Enhorabuena, niños. Habéis llegado los primeros, con un tiempo de dos minutos, siete segundos... Sois los elegidos. Venid conmigo, os presentaré al único, al inigualable, al supermagnífico recordman mundial: Klaus Wintermorgen.

El único, el inigualable, el supermagnífico recordman mundial Klaus Wintermorgen

E n cuanto entraron en el castillo Wintermorgen, Juanito Tot y Verónica Flut sintieron un escalofrío. No era sólo la temperatura. Había algo inquietante y terrorífico allí, algo oscuro que nunca antes habían visto ni sentido. Los ojos de las personas pintadas en los cuadros se movían a su paso. Los techos eran tan altos que no se podía ver hasta dónde llegaban, igual que tampoco se podía ver el final del enorme pasillo. Nada era lo que parecía. Las columnas eran árboles que parecían columnas que parecían árboles que parecían columnas. Las baldosas resbalaban muchísimo.

–Cómo resbalan las baldosas –dijo Verónica.

–Efectivamente –contestó Calzas Bancar–, son las baldosas que más resbalan del mundo. Ah... cuidado con el escalón.

Demasiado tarde: Juanito Tot y Verónica Flut ya se habían tropezado y se habían caído al suelo.

–Ese es el escalón con el que más gente se ha tropezado en el mundo. Con vosotros ya son 18.456.345 las personas que se han tropezado en él.

Juanito Tot y Verónica Flut se levantaron, desconcertados. De pronto comenzaba a no hacerles tanta gracia el castillo de Klaus Wintermorgen. Tenían un poco de miedo.

–Y aquí está la colección de muñecas sin una pierna de Klaus Wintermorgen. La colección de muñecas sin una pierna más grande del mundo: treinta millones.

Cuando miraron no podían creer lo que veían. Una montaña gigantesca de muñecas sin una pierna se perdía en la oscuridad.

–Alucinante –dijo Juanito Tot.

–¡Mira allí, Juanito! –gritó Verónica Flut.

–Ah, te refieres al tobogán más grande del mundo... –dijo Calzas–. Lo construyó Klaus Wintermorgen con sus propias manos hace muchos años. Yo que vosotros no me tiraría por él, es bastante peligroso.

–¿Por qué?

–Bueno, es tan largo que se tarda quince años en llegar al final, termina en China...

Juanito Tot y Verónica Flut siguieron paseando por el enorme pasillo hacia el despacho de Klaus Wintermorgen, y en el camino todavía vieron muchas cosas increíbles: la escalera de caracol más larga del mundo, la pulga más pequeña del mundo, el mono más mono del mundo (monísimo), el ciempiés con más pies del mundo (ciento quince) y el avión de papel más grande del mundo, con motores de papel y asientos de papel, y comida de papel en las bandejas de papel, y hasta un piloto de papel que les saludó. Había una zona con comidas inventadas por el propio Klaus Wintermorgen, donde vieron las frutas y hortalizas más hiperconcentradas del mundo.

–¿Hiperconcentradas? –preguntó Verónica Flut.

–Sí, mira. ¿Ves esta sandía? Es tan pequeña como una canica, pero en ella hay cien sandías hiperconcentradas. Klaus Wintermorgen ha inventado una máquina para reducirlas. Si te la comes es como si te hubieras comido cien sandías.

–Alucinante –dijo Juanito Tot, casi sin respiración.

–Atención, niños –dijo Calzas Bancar–, ¿veis esa puerta de ahí? Tras ella está el despacho de Klaus Wintermorgen, que os espera. No os asustéis; la primera impresión es impactante...

Calzas Bancar abrió la puerta empujando con todas sus fuerzas y Juanito Tot y Verónica Flut tuvieron que cerrar los ojos. Había un resplandor increíble. Luego, cuando por fin pudieron mirar, se quedaron con la boca abierta. Así era Klaus Wintermorgen: tenía el pelo blanco y vestía pantalones negros y una camiseta blanca con pajarita que decía KW con letras doradas y un rayo pintado en azul. Medía casi tres metros y tenía los dedos de las manos larguísimos. Los ojos pequeños y la nariz redonda y enana, los pies muy grandes. Todo en Klaus Wintermorgen era muy grande o demasiado pequeño, como si su cuerpo estuviese compuesto por varios cuerpos de personas diferentes. La habitación era enorme, rodeada de estanterías repletas de libros y trofeos por todas partes de todos los récords del mundo que había ganado. Él se encontraba en el centro de la habitación, donde había una cama elástica gigante, pegando saltos. Cada vez que pegaba un salto daba ciento tres mortales seguidos.

–¡Hola niños! –gritó mientras daba saltos mortales–. Aquí estoy practicando para batir el récord del mundo de saltos mortales en colchoneta. De momento lo tiene un saltador japonés llamado Salta-Rín Tin-Fú, pero esperad un momento... Una, dos yyyyyyyy tres.

Cuando terminó de hablar dio un salto tan grande que se perdió en la oscuridad del techo, pasados unos minutos vieron una enorme pelota blanca girando a una velocidad increíble: era Klaus Wintermorgen dando saltos mortales. Cuando cayó hizo una reverencia y apretó un botón rojo que estaba a su lado. Por los altavoces de la habitación comenzó a sonar una grabación de música de trompetas:

«Tachán tachán... nuevo récord del mundo... Klauuuus Wintermoooorgen». Y luego una algarabía de aplausos y silbidos.

–Gracias, gracias. Han sido exactamente 345 saltos mortales, 28 más que Salta-Rín –dijo Klaus Wintermorgen–. ¡Ah! ¡Me encanta batir récords! ¿Y estos quiénes son? –preguntó refiriéndose a Juanito Tot y a Verónica Flut.

–¿Se ha olvidado, señor Wintermorgen? –preguntó Calzas–. Son los niños de las pruebas para batir récords. Estos son los dos ganadores: Verónica Flut y Juanito Tot.

–Ja, ja, ja. ¡Qué nombres tan graciosos! –se rió Klaus Wintermorgen–. Esperad un poco, que me apetece batir otro récord del mundo... A ver... ¿Quién tiene el récord del mundo de crecimiento de pelo?

Calzas Bancar salió volando con su vuelo de pedo y cogió uno de los libros de las últimas estanterías. Lo miró y volvió a bajar volando, mientras decía:

–Flanaghan O'Pañell, señor Wintermorgen, de Irlanda. Consiguió que le creciera una melena de un metro en treinta minutos y dieciocho segundos, en el año 1963.

–Eso es imposible –susurró Juanito Tot.

–¿Conque imposible, eh? Je, je, veamos... Rápeme al cero señor Calzas Bancar, la barba también, y los pelillos del sobaco también, y los de las piernas.

Calzas sacó una podadora de césped y Klaus Wintermorgen se tumbó en el suelo con los brazos extendidos. Le rapó por delante. Le rapó por detrás. No le quedó ni un solo pelo. Parecía un bebé de tres metros.

–¡Contadores a cero! ¡Una, dos yyyyyyyy tres!

En cuestión de segundos Klaus Wintermorgen aguantó la respiración y se puso colorado como un tomate, luego verde, luego gris, luego casi negro. El pelo comenzó a crecerle poco a poco, y enseguida a gran velocidad, como si fuese una fuente de pelo, hasta que le llegó a los pies. Luego gritó: «¡Tiempo!»

–Tres minutos, veinte segundos, señor Wintermorgen.

Entonces volvió a apretar el botón rojo que estaba a su lado y volvieron a escucharse las trompetas y los silbidos, y los aplausos: «¡Tachán, Tachán... récord pulverizado pooooor Klaus Wintermooooorgen!».

–Alucinante –dijo Juanito Tot.

–Bueno, bueno, no es para tanto, sólo es mi récord número 1.234.567. Veamos... A ver si me acuerdo... Sí, sí... Os he hecho venir a mi castillo por una razón. Os voy a enviar a un viaje para que intentéis batir un récord del mundo que yo no pueda batir. Estoy cansado de ganar siempre. Si conseguís batir un récord que yo no pueda batir os dejaré mi castillo durante un año para que hagáis en él las fiestas más grandes del mundo, pero si perdéis...

–Glop –hizo Juanito Tot.

–Glup –hizo Verónica Flut.

–...Si perdéis... os quedaréis como mis ayudantes personales sin libertad toda vuestra vida, igual que Calzas Bancar Andras Sarratapa Fandargangan. Además vuestro tiempo será limitado: sólo tenéis treinta días para conseguirlo.

Mientras decidían si aceptar o no el reto de Klaus Wintermorgen, Juanito Tot y Verónica Flut se quedaron pensando aquello de que Calzas Bancar era el ayudante personal sin libertad de Klaus Wintermorgen.

–No sabíamos que no tuvieras libertad, nos da mucha pena –le dijeron.

–Sí –contestó Calzas Bancar con una mirada un poco triste, mientras se le escapaba un pedo y volaba un poco, medio metro–, luego os contaré mi historia, es bastante triste.

Juanito Tot y Verónica Flut sintieron una gran simpatía por Calzas.

–No te preocupes –dijo Verónica–. Nosotros te liberaremos, porque nos caes muy bien, Calzas, y sabes tirarte pedos y volar, y además tienes un nombre rarísimo y nos has dado ánimos cuando estábamos en las pruebas, y ahora por ejemplo, tienes una mirada triste que no sabemos por qué es pero que nos da mucha pena. Y vamos a aceptar el reto, pero no por lo de las fiestas, que eso nos da igual, porque luego terminan y te olvidas de que las has hecho, sino para liberarte, porque eres muy majo.

Se volvieron por fin hacia Klaus Wintermorgen, que estaba muy intrigado por saber de qué hablaban.

–¡Aceptamos! –gritaron a la vez Juanito Tot y Verónica Flut. Y Klaus Wintermorgen comenzó a reír con una risa muy aguda, agudísima, la risa más aguda del mundo: «¡Ji ji ji ji ji!».

–Pero sólo con una condición –terminó Verónica Flut.

–¿Cuál?

–Si ganamos tendrás que liberar a Calzas.

Klaus Wintermorgen se acarició lentamente la larguísima melena blanca que le acababa de crecer, mientras lo pensaba.

–Trato hecho –contestó–. Si ganáis Calzas Bancar tendrá su libertad.

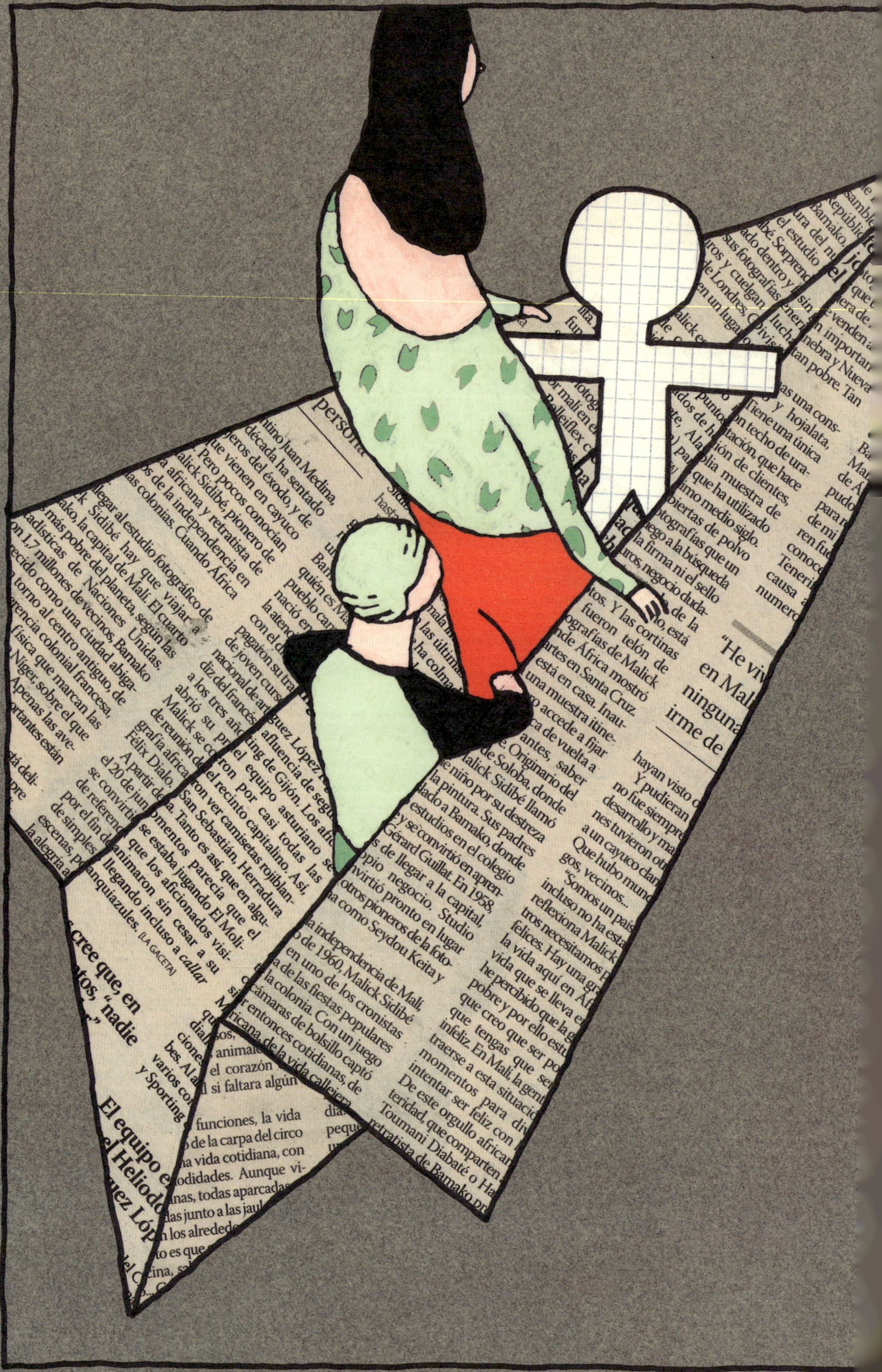

Calzas Bancar Andras Sarratapa Fandargangan cuenta su triste, tristísima (casi la más triste del mundo) historia

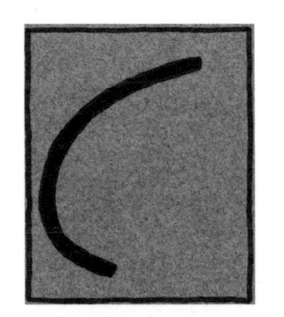

Cuando estaban preparando sus maletas para el viaje alrededor del mundo, Calzas les contó su historia a Juanito Tot y Verónica Flut.

–Yo también fui un niño como vosotros –dijo– hace muchos años. Vivía en el bosque y me encantaba batir récords. Era pastor y vivía feliz en el campo con mis ovejas. Hasta les había enseñado a todas a volar con sus pedos e íbamos volando de un prado a otro buscando la hierba más verde. Cada vez que nos veían pasar, la gente siempre decía: «Mira, allí va Calzas Bancar con sus ovejas volando con sus vuelos de pedo...». Me daban tanta lana que me construí una cabaña entera de lana, calentísima para el invierno, con chimenea de lana y muebles de lana, y hasta platos y cubiertos de lana. Pero un día vi un anuncio de Klaus Wintermorgen buscando gente para batir récords del mundo y fui a verle. Me dijo que si batía tres récords me dejaría usar sus prados (los prados con más hierba del mundo) para mis ovejas durante toda la vida. Yo pensé: qué fácil, tengo el nombre con más «aes» del mundo y puedo volar con mis pedos como nadie es capaz, cambiando la dirección y todo, y además tengo las ovejas que dan más lana. Eso ya son tres récords. Todo fue muy bien al principio y los dos primeros récords los batí enseguida, pero cuando le llegó el turno a mis ovejas estaban tan nerviosas que se les cortó la lana. Yo traté de animarlas, pero son muy tímidas y había mucha gente en la habitación esperando que les saliera la lana. Ellas sólo dan lana cuando yo las acaricio y les canto canciones al oído. Así que perdí y me convertí en el ayudante personal sin libertad de Klaus Wintermorgen.

–Es una historia muy triste, Calzas –dijo Juanito Tot.

–Sí, bastante. De vez en cuando, desde la ventana de mi habitación en el castillo las veo pasar volando, y me pongo muy triste. A veces me pongo a volar a su lado y me cuentan cosas, como que han ido a visitarlas algunos pastores que las quieren cuidar, pero ellas les dicen que no, que me están esperando. Cuando les conté que le habíais dicho eso de que aceptabais el reto de Klaus Wintermorgen sólo si me liberaba, se pusieron tan contentas que lloraron y me dieron estos jerseys para vosotros, hechos con su propia lana.

—Qué chulos –dijo Verónica Flut al ver los jerseys, que eran muy bonitos.

—Además los jerseys de lana de mis ovejas no pican nunca, y jamás les salen pelotillas.

—Da las gracias a tus ovejas, Calzas, y diles que vamos a hacer todo lo que podamos...

—Vuestro viaje es muy importante, niños –siguió Calzas–, porque hay otra cosa que no sabéis sobre Klaus Wintermorgen.

—¿Qué es? –preguntó Juanito Tot.

—Klaus Wintermorgen es una buena persona y en el fondo de su corazón quiere ser liberado de su maldición de los duendes Arapajoes. Si vosotros conseguís batir un récord que él no pueda batir volverá a ser un hombre feliz.

Cuando se quedaron solos y se despidieron de sus familias, Juanito Tot y Verónica Flut estuvieron un buen rato hablando de lo importante que era aquel viaje que iban a empezar.

—Tenemos que liberar a Calzas y a Klaus Wintermorgen, esta historia se complica, Juanito.

—Alucinante.

Luego se subieron al avión que les había prestado Klaus Wintermorgen para que hicieran su viaje alrededor del mundo intentando batir un récord que él no pudiera batir. El avión de papel más grande del mundo, con todo de papel, motores y gasolina de papel, que habían visto en el corredor del pasillo cuando pasaron las pruebas. El piloto de papel era un gran piloto, aunque no muy listo, porque tenía el cerebro de papel también, y se olvidaba de todo enseguida.

–Hola niños –les dijo–, soy Papeloto Pilopel, el único piloto del mundo hecho de papel. Me ha dicho Klaus Wintermorgen que os lleve a donde queráis, que tenéis que batir un récord del mundo que él no pueda batir.

–Así es –dijo Verónica Flut.

Los dos se subieron al avión y se pusieron cómodos.

–¿Adónde queréis ir? –preguntó Papeloto.

Juanito se quedó pensando un rato y luego dijo:

–Al Quinto Pino.

Juanito Tot y Verónica Flut intentan batir varios récords en el Quinto Pino

Después de muchísimas horas viajando, Juanito Tot y Verónica Flut ya estaban bastante aburridos cuando el avión de papel comenzó a descender por fin. Vieron un gran cartel que decía:

BIENVENIDOS AL QUINTO PINO.
LUGAR PARADISÍACO

Los habitantes del Quinto Pino estaban tan sorprendidos de que alguien llegara que salieron a recibirles. El alcalde del Quinto Pino estaba feliz.

–Qué bien, estoy encantado de la visita –dijo–, esto está tan lejos que nadie quiere venir a nuestro pueblo. Queremos impulsar el turismo en nuestra localidad.

–Nosotros venimos a batir un récord del mundo –dijo Juanito Tot.

—Ah, qué interesante —dijeron los vecinos del Quinto Pino.

—Díganos qué récords del mundo podemos batir por aquí —preguntó Verónica al alcalde—, pero tienen que ser bastante difíciles.

—Eso está hecho.

El alcalde reunió a los sabios del Quinto Pino, y juntos elaboraron una lista de posibles récords del mundo que no pudiera batir Klaus Wintermorgen:

—Saltos con un pie («En nuestros prados del Quinto Pino, no se los pierda», dijo el alcalde).

—Tragamiento de agua de mar en la olas de la playa del Quinto Pino («Unas playas estupendas, visítelas», dijo el alcalde).

—Rompimiento de cocos con la cabeza provenientes de las palmeras de las plazas, de las calles y de otros lugares de la localidad del Quinto Pino («Los más frescos, los más redondos, los más duros, qué cocos, señora», dijo el alcalde).

—Salto con pértiga en los estadios del Quinto Pino («Qué maravilla, jamás las vi iguales, qué manera de doblarse», dijo el alcalde).

—Torre humana con los habitantes del Quinto Pino organizada a su gusto haciendo la figura que usted quiera («Qué gente más encantadora, conozca sus costumbres», dijo el alcalde).

—Gran comilona de nuestros dulces y variantes, todo lo que usted aguante, tenemos de sobra («Cuando empiece, no podrá parar, están buenísimos», dijo el alcalde).

Juanito Tot y Verónica Flut descansaron esa noche porque estaban agotados del viaje, y a la mañana siguiente se pusieron manos a la obra. Al principio parecía fácil, pero en cuanto comenzaron a intentar batir récords del mundo descubrieron lo difícil que podía llegar a ser. De los récords que les habían propuesto los sabios del Quinto Pino uno de los primeros que intentaron batir fue el de tragamiento de agua de mar en las playas. Juanito Tot, que tenía la boca más grande, se sentó en la orilla y estuvo durante doce horas con la boca abierta. Cada vez que llegaba una ola se tragaba todo el agua que podía. Después de doce horas se empezó a poner verde.

—Juanito Tot, te estás poniendo de color verde –le dijo Verónica Flut.

—Alucinante, no puedo más –contestó Juanito–, ya me he tragado dieciocho peces, veintidós cangrejos, una caracola enorme, y ya no sé cuántas conchitas pequeñas. Mira, se me ven y todo, aquí en la barriga.

Y era verdad, Juanito Tot se levantó la camiseta y se veía a todos bajo la piel, los peces, y hasta el pico de la caracola.

—Soy una pecera humana –dijo Juanito Tot, riéndose verde.

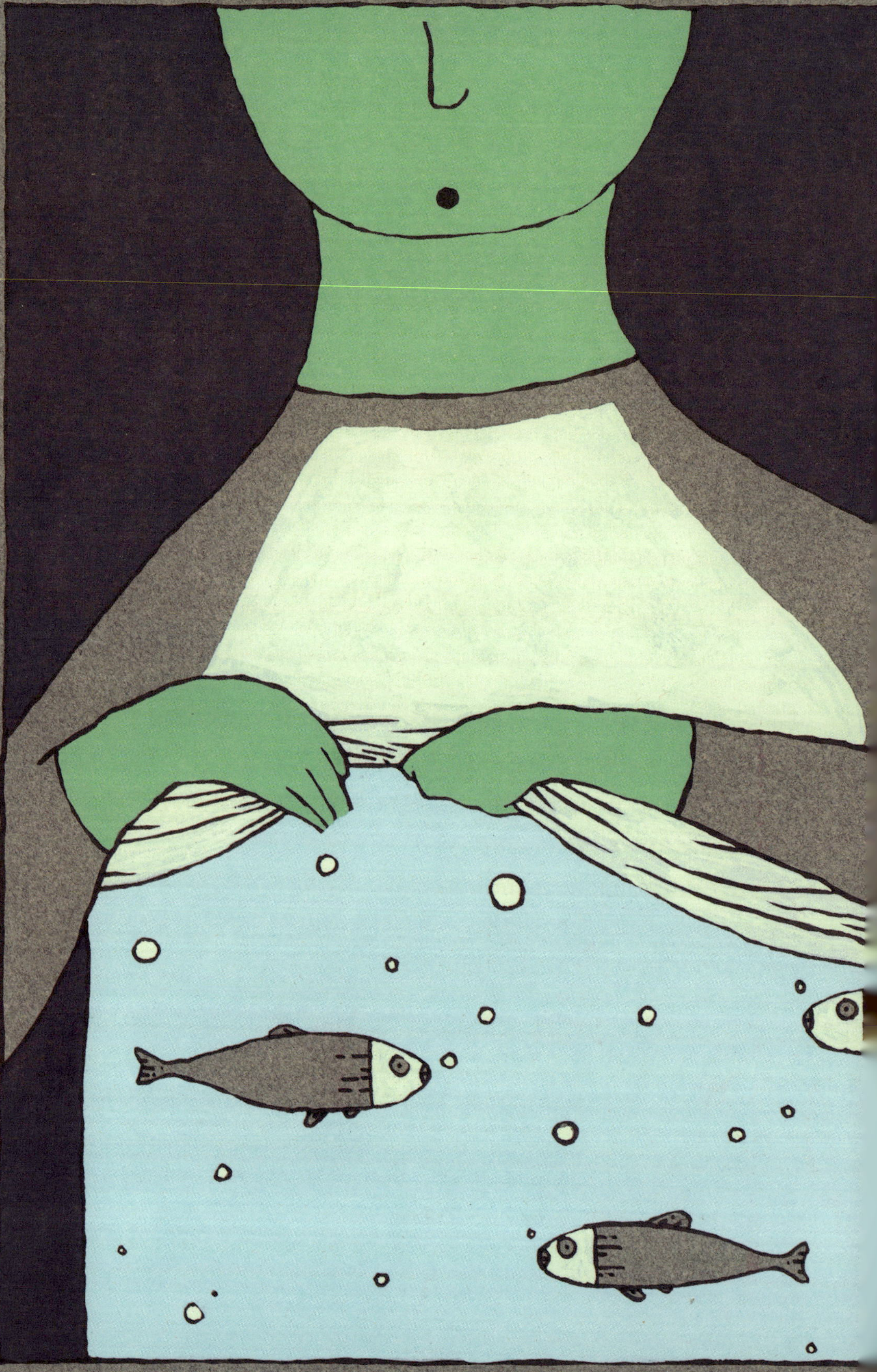

Pero su alegría duró poco tiempo, porque a los tres minutos llegó a la localidad del Quinto Pino un telegrama de Calzas Bancar que decía:

«Malas noticias. Stop. Récord pulverizado por Klaus Wintermorgen. Stop. Traga una tonelada de agua marina en tres minutos, cinco segundos. Stop. Un banco de peces y más de cuarenta caracolas. Stop. No os desaniméis, niños. Stop. Firmado: Calzas Bancar».

Durante el día siguiente, mientras Juanito se recuperaba de haberse bebido media playa del Quinto Pino, Verónica Flut trató de batir el récord de salto con pértiga y el de rompimiento de cocos con la cabeza. Igual que Juanito Tot, Verónica Flut puso todo su empeño y rompió 127 cocos, hasta que tuvo tantos chichones como cocos había partido. Desastre total: Klaus Wintermorgen, según los telegramas, había partido 472 cocos de un solo golpe de cráneo, poniéndolos en fila y tirándose de cabeza contra ellos desde lo alto de un rascacielos. Tampoco el salto de pértiga funcionó, aunque Verónica lo hizo bastante bien, y de hecho estuvieron divirtiéndose toda la mañana.

—Es una sensación divertidísima —le contó Verónica a Juanito—, vas corriendo, clavas la pértiga y, en un segundo, ya estás volando por los aires, que a mí volar por los aires es que me encanta, tú no puedes, claro, porque eres tan enano.

Juanito se enfadó un poco con aquello, no le gustaba que le dijeran que era un enano, pero Verónica se dio cuenta enseguida y le animó mucho.

—Pero a mí lo de que seas enano no me importa, Juanito Tot, porque te conozco y cada día me caes mejor, y te quiero mucho y eres mi amigo, y casi me gustas más enano que alto, que en mi familia todo el mundo es muy alto y al final te aburres. Además estamos juntos en la aventura más divertida de mi vida y eso une mucho, yo estas cosas las sé muy bien porque soy chica, y porque las dice mi hermana también.

Juanito Tot no sabía a qué se refería Verónica, pero se sintió mucho mejor mirando sus ojos cuando hablaba, que eran muy grandes. Cuando Verónica Flut hablaba, a Juanito le hacía cosquillas el estómago, como cuando se tragó la caracola y los dieciocho peces. Y era una sensación muy agradable porque sólo tenía ganas de estar al lado de Verónica Flut y que Verónica Flut le contara sus cosas de cuando era pequeña y pensaba en el infinito y se mareaba pensando porque pensar el infinito mareaba. Por eso le decía:

—Cuéntamelo otra vez, cómo lo pensabas, el infinito.

Y ella se lo contaba abriendo mucho los brazos, y Juanito Tot se sentía feliz, aunque no batieran un récord del mundo, se sentía como nunca antes se había sentido, porque Verónica Flut estaba a su lado. El último récord que intentaron batir fue el de la torre humana con forma de pepinillo. Lo de la forma de pepinillo no estaba preparado, en realidad la querían hacer recta, pero les salió un poco torcida, y por eso decidieron que tendría forma de pepinillo. Consiguieron que 321 habitantes del Quinto Pino se pusieran unos sobre otros, y cuando estaban en pleno equilibrio, Juanito Tot se subió hasta lo alto con un pepinillo en la mano. Hicieron una foto. Pero nuevamente su alegría duró poco tiempo. A los tres minutos otro telegrama de Calzas Bancar llegaba al Quinto Pino:

«Malas noticias. Stop. Récord pulverizado por Klaus Wintermorgen. Stop. Un poco trampa. Stop. Torre humana con 2.346 pigmeos. Stop. Hombres más pequeños del planeta. Stop. Mucho más fácil que lo vuestro. Stop. No os desaniméis. Stop. Yo que vosotros cambiaba de sitio. Stop. Firmado: Calzas Bancar».

A Juanito Tot y Verónica Flut les dio bastante rabia, pero no se desanimaron. Sobre todo les disgustó que Klaus Wintermorgen hubiese utilizado hombres más pequeños para su torre, porque así era más fácil, pero claro, qué se podía esperar de un hombre obsesionado con batir récords y que siempre quiere ganar...

—Eso es por la maldición de los duendes Arapajoes —dijo Juanito Tot.

Decidieron entonces cambiar de lugar para seguir intentando batir récords, hicieron sus maletas y se despidieron de aquella gente tan simpática del Quinto Pino, que les hizo una gran comida de despedida con todos los frutos y variantes del lugar. El alcalde tenía razón; estaban buenísimos.

—No os olvidéis de hablar de nuestro pueblo cuando vayáis a otros sitios, queremos impulsar el turismo en nuestra localidad —dijo otra vez el pesado del alcalde.

Papeloto Pilopel encendió los motores de papel del avión y Juanito Tot y Verónica Flut se subieron.

—¿Adónde queréis ir ahora, niños? —preguntó.

Verónica se quedó pensando unos segundos, luego dijo:

—Vamos a donde Manolo pegó las tres voces.

—Glup —hizo Papeloto—. ¿Estáis seguros?

—¡Sí! —gritaron a la vez.

Juanito Tot y Verónica Flut intentan batir varios récords donde Manolo pegó las tres voces

Fueron muchas horas de viaje, y Papeloto Pilopel tenía razón en tener miedo. Donde Manolo pegó las tres voces era el lugar que estaba más lejos del mundo. Más allá de donde Manolo pegó las tres voces no se podía ir. Cuando aterrizaron, vieron un cartel que decía:

AQUÍ ES DONDE MANOLO FITIPALTRICK
PEGÓ LAS TRES VOCES.
MÁS ALLÁ ES QUE NO SE PUEDE IR.
ESTO ES EL FIN DEL MUNDO.

Verónica Flut y Juanito Tot conocían muy bien la historia. Manolo Fitipaltrick era un explorador canadiense, muy famoso, que había decidido ir lo más lejos posible. Todo le importaba un pepino, lo único

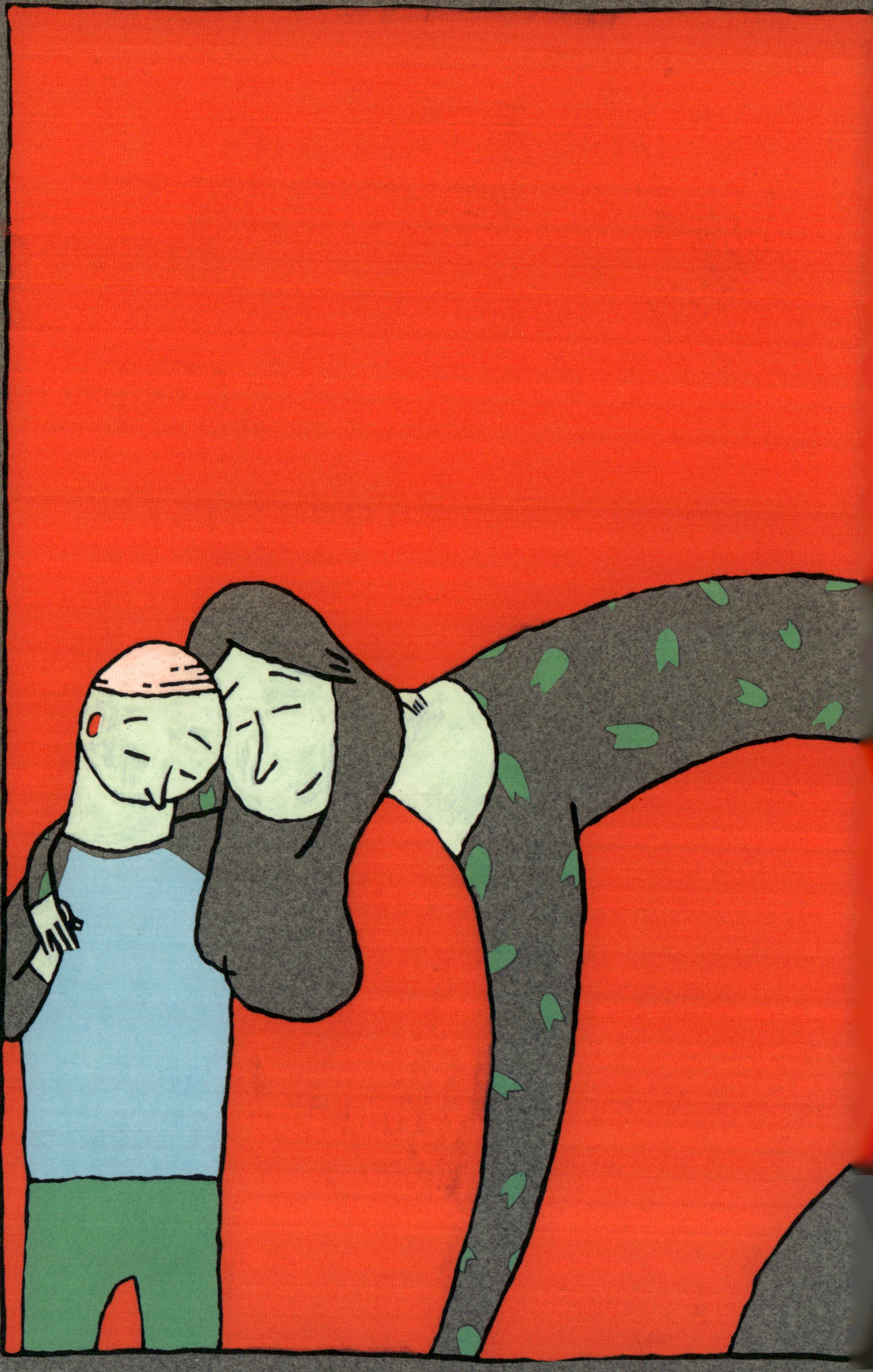

que quería era ser el hombre que llegara lo más lejos posible del mundo, y efectivamente lo consiguió. Igual que Klaus Wintermorgen era un hombre con un solo pensamiento. Pero al llegar, según contaba la leyenda, pegó tres gritos y murió de cansancio. Estaba enterrado allí mismo, bajo una lápida que decía:

AQUÍ YACE MANOLO FITIPALTRICK.
TENÍA UN SUEÑO Y LO CUMPLIÓ.
CONSIGUIÓ LO QUE QUERÍA
Y A LA VEZ NO LO CONSIGUIÓ.

–Qué tumba tan extraña, es como una adivinanza: ¿Qué querrá decir eso de que consiguió lo que quería y a la vez no lo consiguió? –preguntó Juanito Tot.
–Qué va, es muy interesante, Juanito –dijo Verónica Flut.
–¿Por qué?
–Porque es igual que la historia que nosotros estamos viviendo ahora, ¿no te das cuenta? Manolo Fitipaltrick consiguió lo que quería, que era llegar al fin del mundo, pero como todo lo demás le importaba un pepino, cuando lo consiguió estaba muy solo. Consiguió lo que quería, pero estaba muy triste. Por eso Klaus Wintermorgen está triste en el fondo, porque siempre gana y no disfruta las cosas con los demás, si siempre ganas siempre estás solo, y ganar un

premio es muy triste, si no tienes con quién disfrutarlo. Es igual que cuando estás en el colegio y te escondes para comerte tu bocadillo tú solo para que nadie te pida. Entonces es como si el bocadillo no estuviera tan bueno y te lo comes rápido y no lo disfrutas lo mismo.

–Alucinante, nunca lo había pensado –dijo Juanito Tot.

–Y nosotros –siguió Verónica Flut– tenemos mucha suerte porque estamos juntos y somos amigos, y tú me caes muy bien, y si intentamos batir un récord del mundo, es para ayudar a los demás. Si lo bates tú me alegraré tanto que será como si lo hubiese batido yo, si lo bato yo te alegrarás tanto que lo habrás batido tú también, por eso nuestras aventuras son tan divertidas, y siempre lo pasamos bien, aunque no ganemos.

Verónica Flut estaba tan guapa cuando hablaba que Juanito Tot se olvidó de todo, y estuvo a punto de decirle:

–Qué bien hablas, Verónica Flut, qué bien y qué rápido hablas, y qué guapa eres y cómo se te hacen grandes los ojos y luego pequeños, y mueves las manos y eres tan alta. Yo quiero estar siempre contigo, Verónica Flut.

Pero no lo dijo, porque le daba vergüenza ser tan pequeño. Y se puso un poco triste, pero sólo un segundo, porque en seguida dijo:

–¡Manos a la obra, tenemos que batir un récord del mundo que Klaus Wintermorgen no pueda batir!

Y Verónica gritó:

–¡Manos a la obra!

Realmente Juanito Tot y Verónica Flut se esforzaron muchísimo. Trataron de batir casi veinte récords del mundo aquel día. Trataron de ser los que más rebotes dieran con piedras muy planas en el agua del mar tirándolas muy fuerte, de ser los que más chistes se contaran seguidos, los que más tiempo estuvieran riéndose sin parar, los que más tiempo se pasaran tumbados al sol poniéndose morenos, y muchos otros récords más, hasta que estuvieron tan cansados que se quedaron dormidos. A la mañana siguiente, estaban desayunando con Papeloto (ellos tostadas con mermelada, y Papeloto un zumo de papel recién exprimido), cuando llegó una paloma mensajera con un mensaje atado en la pata:

«Malas noticias, niños. Stop. Todos vuestros récords pulverizados por Klaus Wintermorgen. Stop. Da 3.472 rebotes con una piedra plana en agua de mar. Stop. Cuenta chistes durante quince horas, treinta minutos sin repetirse. Stop. Se mea de risa todo ese tiempo, mientras se pone moreno casi negro. Stop. No os desaniméis. Stop. Yo confío en vosotros. Stop. Firmado: Calzas Bancar».

Pero aunque Calzas Bancar les decía en el mensaje

que no se desanimaran ellos se desanimaron un poco, sobre todo Verónica Flut, que de repente se puso muy seria.

—Nunca lo conseguiremos, Juanito Tot, esto es dificilísimo. Klaus Wintermorgen es capaz de batir todos los récords. ¿Cómo vamos a conseguir batir un récord que él no pueda batir? Siempre que conseguimos algo, él lo bate inmediatamente y muchísimo mejor que nosotros.

Juanito Tot sintió pena de ver a Verónica Flut desanimada y se puso a su lado.

—No te preocupes, Verónica Flut. Porque mira, lo he estado pensando. ¿Sabes por qué a la gente le gusta tanto batir récords del mundo? Muy sencillo. Lo hacen porque quieren ser especiales para los demás y eso les importa muchísimo. Todo el mundo quiere ser especial para los demás, y por eso muchas veces hacemos tonterías, porque queremos ser especiales para los demás. Pero tú no necesitas batir un récord del mundo para ser especial, porque ya eres especial para mí. Y no hay nadie que pueda ser como tú.

—¿Lo dices de verdad? —preguntó Verónica Flut, emocionada.

—Sí —respondió Juanito.

Y Verónica se puso tan contenta que le dio un beso. A Juanito se le pusieron las orejas totalmente rojas y ardiendo.

—Mira cómo se me han puesto las orejas de rojas, a lo mejor es un récord del mundo...

—Tienes razón —dijo Verónica—, nunca había visto unas orejas tan rojas como las tuyas.

Pero su alegría duró poco tiempo, porque a los cinco minutos llegó otra paloma mensajera con un mensaje que decía:

«Fracaso total. Stop. Klaus Wintermorgen orejas incandescentes. Stop. Tan rojas que echan fuego. Stop. Insuperable. Stop. Firmado: Calzas Bancar».

Juanito Tot y Verónica Flut se quedaron sin palabras. Pero entonces fue Papeloto Pilopel quien se acercó hasta ellos.

—No os pongáis así, niños —dijo Papeloto—, os he estado observando todos estos días y he visto que tenéis buen corazón, así que he decidido una cosa, pero no se lo podéis decir a nadie. Creo que puedo ayudaros a batir un récord del mundo que Klaus Wintermorgen no pueda batir.

—¿Cómo? —preguntaron ellos.

—Muy sencillo, os voy a llevar a un lugar secreto que no conoce ningún ser humano, os voy a llevar a mi planeta.

—No sabíamos que tú tuvieras un planeta, Papeloto.

—Pues sí, tenemos un planeta de papel, no está muy lejos del planeta Tierra. Allí es todo de papel; los árboles, las plantas. Es igual que la Tierra, pero en papel, por eso se llama la Papelerra y es el lugar más bonito del espacio exterior y alrededores. Si queréis podemos probar fortuna allí, los papelanos (así se llaman los habitantes de la Papelerra) son muy simpáticos, y tal vez con su ayuda podáis batir vuestro récord.

–Esa es una idea buenísima, Papeloto –gritó Juanito Tot, y se subieron muy contentos al avión, rumbo a la Papelerra.

Juanito Tot y Verónica Flut intentan batir su récord en la Papelerra, con la ayuda de los papelanos

«Poneos los cinturones, niños, que este viaje es al espacio exterior y hay que tener cuidado», dijo Papeloto, y Juanito Tot y Verónica Flut obedecieron. Papeloto puso el avión de papel en posición vertical y cuando encendió los motores salieron disparados como un cohete hacia el espacio exterior. Al salir al espacio se quedaron maravillados de lo bonita que era la Tierra desde allí. También podía verse la Luna, y el Sol, y Marte, y Júpiter, y Neptuno, y Saturno con sus anillos, que los nombres se los sabían porque los habían estudiado en el colegio. También se sabían nombres de otras cosas, como las partes del árbol: raíces, tronco y hojas.

Al llegar a la Papelerra se organizó una fiesta, en la que salieron a recibirles hasta los reyes; el Papeley y la

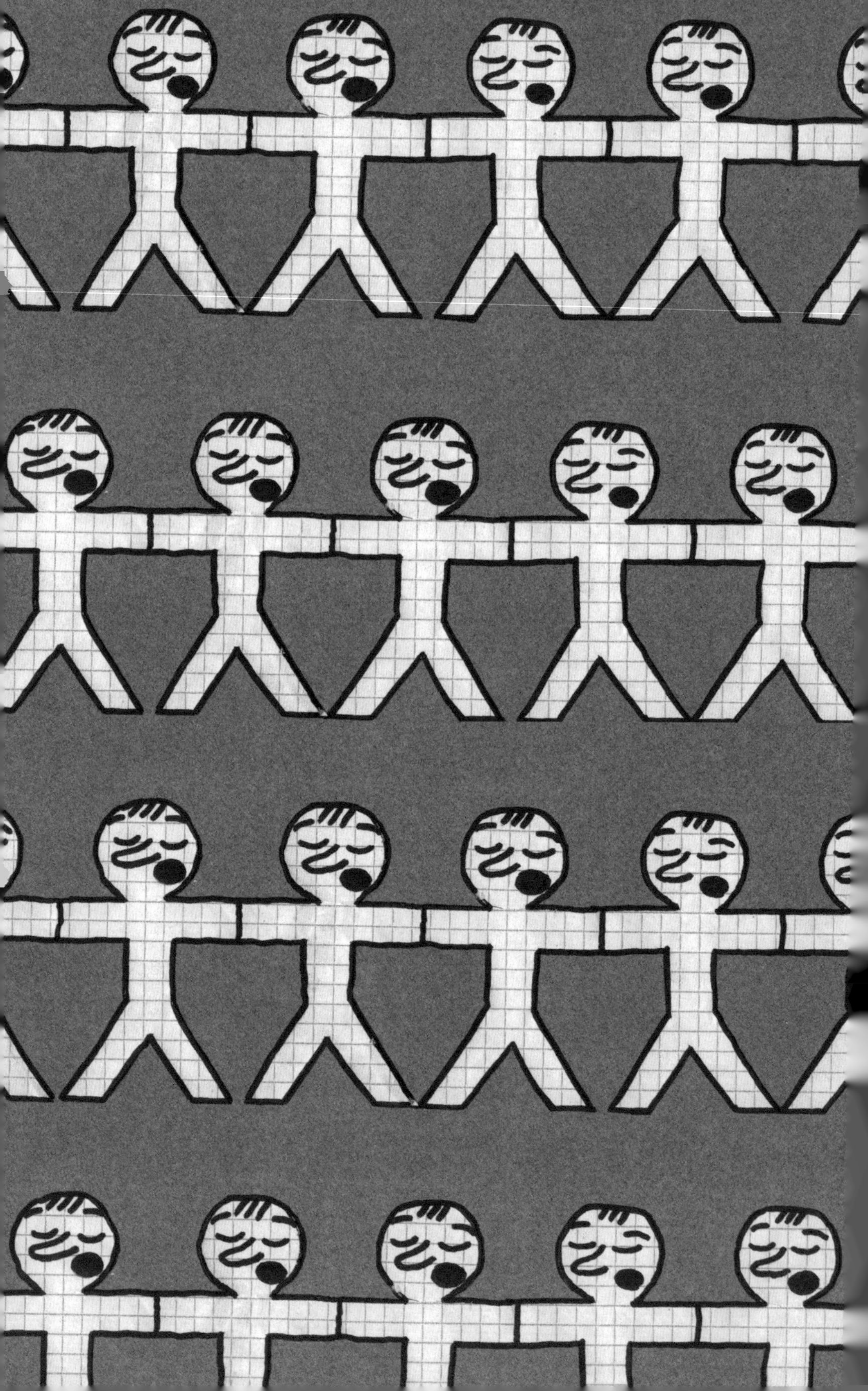

Papeleina. Papeloto Pilopel estaba feliz y les presentó a su familia.

—Mirad, niños, esta es mi familia: mi mujer Papelota y mis hijos Papelín y Papelina.

La Papelerra era un planeta increíble. Todo allí era de papel; las montañas Papelañas, los bosques Papelosques, las granjas Papelanjas y hasta los animales Papelanes. Se alimentaban de papel y todas sus construcciones eran de papel. Los coches, las tiendas, los árboles, los pájaros y hasta las carreteras. Si alguien se hacía una herida iba al hospital y le curaban con gomas de borrar, y salía limpio y reluciente, como un papel completamente nuevo.

Todos eran muy amables, pero como nunca habían visto a unos niños humanos, Juanito Tot y Verónica Flut les provocaban bastante risa. A los papelanos les parecía imposible que unos niños pudieran ser de carne y hueso, por eso a veces se ponían a reír y se tapaban la boca de papel.

—No os enfadéis, pero es que es tan divertido que seáis de carne y hueso ¡Qué cosa más rara!

Los papelanos eran bastante simpáticos y tenían costumbres muy curiosas. Por ejemplo, cuando un niño crecía no le salían los dientes, sino que se los pintaban con lápiz. Y si una chica quería cortarse el pelo iba a una peluquería y se lo borraban con una goma de borrar. Las tijeras estaban prohibidas en la Papelerra, y también los mecheros, para evitar tragedias. Papeloto Pilopel se dirigió a la población de la Papelerra subiéndose a un estrado:

—Queridos papelanos, amigos míos. Tenemos una misión importante: hay que ayudar a Juanito Tot y a Verónica Flut a batir un récord que Klaus Wintermorgen no pueda batir.

—Claro —respondieron todos.

—Mirad —siguió Papeloto—, yo había pensado una cosa, podemos batir un récord fácilmente si todos nosotros nos ponemos a cantar una canción. Será la primera vez que un planeta entero lo hace al mismo tiempo.

—Qué buena idea, Papeloto —gritó Juanito—, yo me sé una canción que podemos cantar con coros y todo. Pero tenemos que construir una torre de papel para que me vean todos al mismo tiempo, los papelanos del papelisferio Norte, los papelanos del papelisferio Sur y los papelanos del Ecuador. Así les podré dirigir a todos con mi batuta.

Los papelanos construyeron una torre de papel gigante, y Juanito Tot se subió.

—A ver, todo el papelisferio Norte, que diga conmigo: «No-hay-be-tún, no-hay-be-tún, no-hay-be-tún...».

Miles de papelanos se pusieron a cantar: «No-hay-be-tún, no-hay-be-tún...».

–Ahora todo el papelisferio Sur tenéis que decir conmigo: «Ca-ca-de-buey, ca-ca-de-buey, ca-ca-de-buey...».

Miles de papelanos del Sur se pusieron a cantar: «Ca-ca-de-buey, ca-ca-de-buey...».

–Muy bien –gritó Juanito Tot–, ahora los del Ecuador tenéis que gritar: «Paaaaco, saca-la-casaca-del-cosaco-sácalaaaa, Paaaaco, saca-la-casaca-del-cosaco-sácalaaaa...».

Todos a al mismo tiempo sonaba así:

Papelisferio Norte:	Papelisferio Sur:
No-hay-be-tún, no-hay-be-tún...	Ca-ca-de-buey, ca-ca-de-buey...
No-hay-be-tún, no-hay-be-tún...	Ca-ca-de-buey, ca-ca-de-buey...

Ecuador Papelerro:

Paaaaaaaaco

Papelisferio Norte:	Papelisferio Sur:
No-hay-be-tún, no-hay-be-tún...	Ca-ca-de-buey, ca-ca-de-buey...

Ecuador Papelerro:

Saca-la-casaca-del-cosaco-sácalaaaa,

Paaaaco, saca-la-casaca-del-cosaco-sácalaaaa...

La canción era muy divertida, y estuvieron cantándola un buen rato, hasta que todo el planeta comenzó

a reír de alegría. Los papelanos se lo pasaron tan bien que decidieron construirles un monumento a Juanito Tot y Verónica Flut en la plaza más importante. Era una escultura de papel, en la que se les veía a los dos de la mano y dirigiendo el coro de la canción. Debajo un cartel decía:

A JUANITO TOT Y VERÓNICA FLUT, DE PARTE DEL PLANETA PAPELERRA, EMOCIONADO Y AGRADECIDO.

En la inauguración del monumento estuvieron todos, hasta el Papeley y la Papeleina, con sus coronas de papel. Pero nuevamente, su alegría duró poco tiempo. A los dos días llegó un telegrama de Calzas Bancar a la Papelerra para Juanito Tot y Verónica Flut:

«Malas noticias. Stop. Récord pulverizado por Klaus Wintermorgen. Stop. Cuatro planetas distintos cantan a la vez la misma canción. Stop. No lo puedo creer. Stop. Ha grabado un disco y todo. Stop. *Klaus Wintermorgen y los planetas cantarines*. Stop. Éxito total de ventas. Más de un millón de discos vendidos. Stop. Firmado: Calzas Bancar».

Pero Juanito Tot y Verónica Flut no se desanimaron en esta ocasión. Papeloto se quedó un poco triste, y hasta lloró unas cuantas lágrimas que se pintó él mismo con un lápiz y que luego le borró su mujer Papelota con una goma de borrar.

—No te preocupes, Papeloto, daremos una vuelta al mundo intentando batir otro récord, todavía nos quedan tres días antes de que acabe el tiempo que nos dio Klaus Wintermorgen, vamos, no hay tiempo que perder.

Y se montaron en el avión y salieron volando un día muy bonito de invierno en la Papelerra, en el que la nieve era confeti.

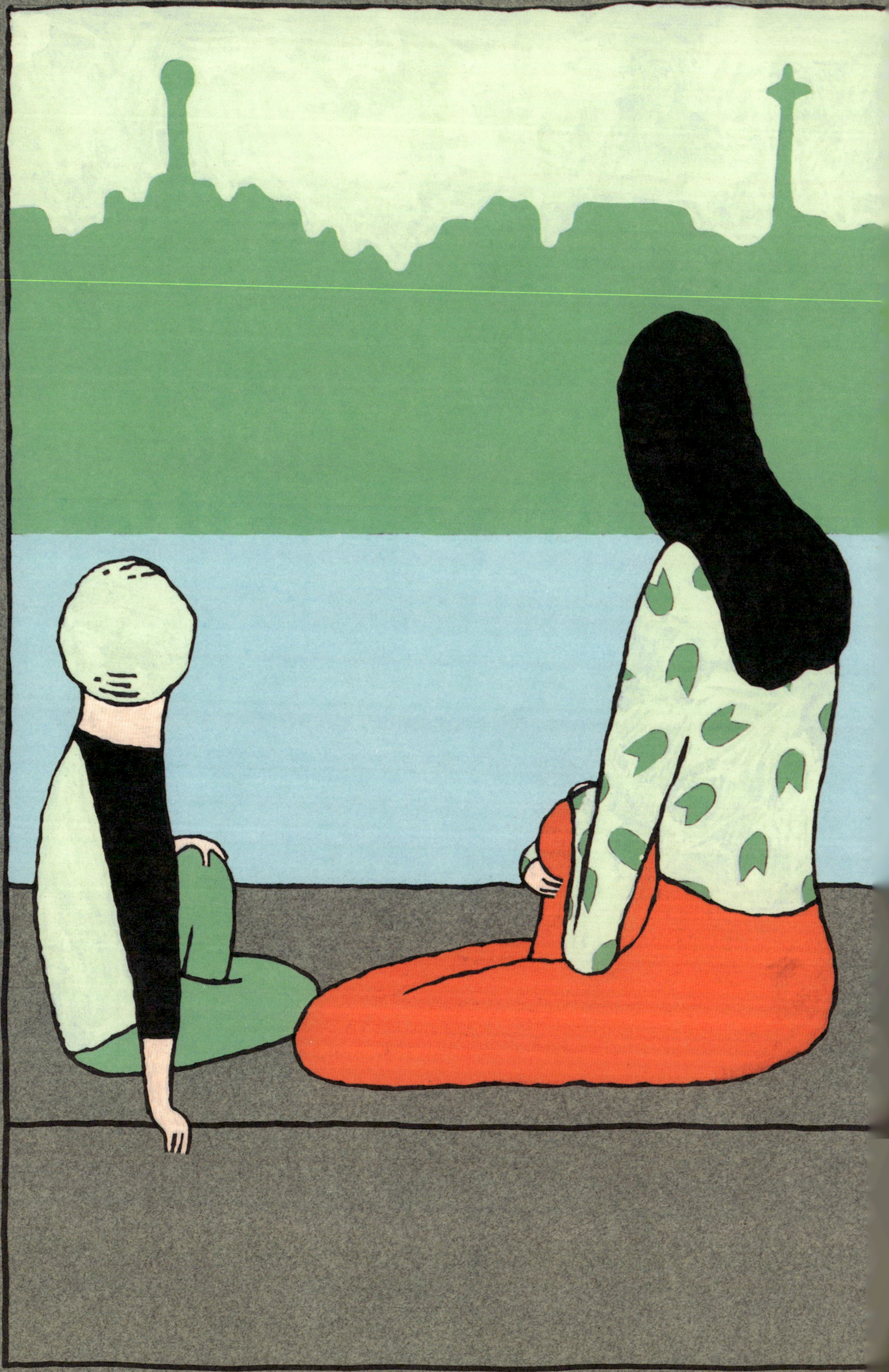

Juanito Tot y Verónica Flut dan una vuelta al mundo y luego a Juanito Tot se le ocurre una cosa

Los tres últimos días antes de que terminara el plazo para batir un récord los pasaron Juanito Tot y Verónica Flut dando una vuelta al mundo. Decidieron que lo intentarían en todos los continentes; Europa, Asia, África, América y Oceanía. Tenían que viajar muy rápido porque sólo les quedaban tres días de plazo y, hasta cuando estaban viajando en el avión, intentaban batir récords.

Fueron tres días muy intensos, y gente de todas las razas y los países les ayudó todo lo que pudo. La noticia de que dos niños iban por todo el mundo intentando batir un récord que Klaus Wintermorgen no pudiera batir se expandió por todo el planeta. Los periódicos más importantes del mundo lo sacaron en la primera página, les entrevistaron para muchas televisiones, hicieron camisetas con sus caras que decían: «I

LOVE Juanito Tot & Verónica Flut», y pegatinas, y hasta unos muñecos como ellos, con los que jugaban casi todos los niños del mundo.

–Fíjate, nos hemos hecho famosos, Juanito –decía Verónica Flut.

–Alucinante.

Pero, más que ser famosos, lo que les gustaba de verdad era que todo el mundo trataba de ayudarles, y eso era muy bonito. Hasta habían escrito un libro con sus aventuras que se llamaba *La alucinante historia de Juanito Tot y Verónica Flut*, un señor que se llamaba Andrés Barba y que un día fue a verles y se montó con ellos en el avión de papel y les hizo muchas preguntas.

Pero aunque todo el mundo les ayudaba, y estaban contentos, todavía no habían conseguido batir ningún récord que Klaus Wintermorgen no pudiera batir. Siempre que conseguían alguno, a los tres minutos llegaba un telegrama de Calzas Bancar dándoles la mala noticia de que Klaus Wintermorgen lo había batido mucho mejor que ellos.

Juanito Tot y Verónica Flut comenzaban a tener miedo porque sabían que si no lo conseguían se convertirían en los nuevos ayudantes personales sin libertad de Klaus Wintermorgen, igual que Calzas Bancar. Y los tres días pasaron muy rápido. Tanto, que cuando se quisieron dar cuenta ya sólo les quedaban quince minutos para batir un récord.

—Hemos fracasado, Juanito —dijo Verónica Flut.

—No, Verónica, se me acaba de ocurrir una cosa. A lo mejor hemos batido un récord del mundo sin darnos cuenta.

—¿Cuál?

—Es que me da un poco de vergüenza decirlo —confesó Juanito Tot.

—Dímelo, no tengas vergüenza.

—Pues que cuando te vi, desde el primer día, me gustaste muchísimo, Verónica Flut. Me gustaste tanto que me enamoré rapidísimo, en dos minutos, siete segundos, y a lo mejor esto es un récord del mundo, el del niño que más rápido se ha enamorado del mundo, y tal vez este récord no lo pueda batir Klaus Wintermorgen.

—¿Sabes qué, Juanito? Que a mí me pasó lo mismo, que te vi y en dos minutos, siete segundos, me enamoré de ti, y quería darte besos, y ser amiga tuya, y enamorarme como se enamoran mis hermanas mayores, que se enamoran muchísimo, constantemente, que nosotras las hermanas Flut somos famosas porque nos enamoramos todo el tiempo, y yo te vi tan pequeño y tan gracioso, y diciendo todo el rato «alucinante», y entonces me dije, pues hala, ya tengo novio.

Juanito Tot y Verónica Flut se dieron un beso, y se les pusieron las orejas rojas a los dos, tan rojas que se empezaron a reír. Pero su alegría duró poco tiempo, porque un minuto antes de que terminara el plazo, llegó un telegrama de Calzas Bancar que decía:

«Malas noticias. Stop. Récord pulverizado por Klaus Wintermorgen. Stop. Se enamora, se casa y tiene cinco hijos en un minuto siete segundos. Stop. Nunca vi nada igual. Stop. Creo que habéis fracasado, niños. Stop. No importa. Stop. La intención es lo que cuenta. Stop. Tenéis que volver al castillo. Stop. Firmado: Calzas Bancar».

Aquella noche fue muy extraña, por un lado Juanito Tot y Verónica Flut estaban muy contentos porque se habían dicho que se querían, y por otro estaban muy tristes porque habían perdido la apuesta y tenían que volver al castillo para convertirse en los nuevos ayudantes personales sin libertad de Klaus Wintermorgen. Papeloto Pilopel encendió los motores del avión y tomó rumbo al castillo. Mientras iban volando, los dos se quedaron callados mirando por la ventanilla del avión con pensamientos tristes y pensamientos alegres todos mezclados, como una ensaladilla rusa, en la que los pensamientos alegres fueran los guisantes y los tristes la mayonesa. Y era una sensación extraña, porque nunca habían vivido una situación que fuera triste y alegre a la vez.

Cuando aterrizaron en la puerta del castillo era un día muy oscuro. El cielo estaba cubierto de nubes y parecía que iba a llover.

—¿Te acuerdas Verónica? –dijo Juanito–. Aquí es donde nos conocimos hace mucho tiempo cuando vinimos a hacer las pruebas de Klaus Wintermorgen.

—Sí, claro que me acuerdo, Juanito, cómo no me voy a acordar. Es que a veces dices unas cosas que yo no sé si piensas lo que dices, Juanito.

—No te enfades, Verónica.

—No me enfado, es que estoy triste y alegre a la vez, y esto nunca me había pasado, que a veces mis hermanas me decían que ellas estaban tristes y alegres a la vez, y yo no sabía lo que querían decir, pero ahora lo sé.

Calzas Bancar llegó volando con su vuelo de pedo desde lo alto del castillo y les dio abrazos a los dos, también él estaba triste y alegre a la vez. Alegre de verles por fin, pero triste porque no lo habían conseguido.

—Tenemos que entrar al castillo, niños. Klaus Wintermorgen os espera para convertiros en sus nuevos ayudantes personales sin libertad.

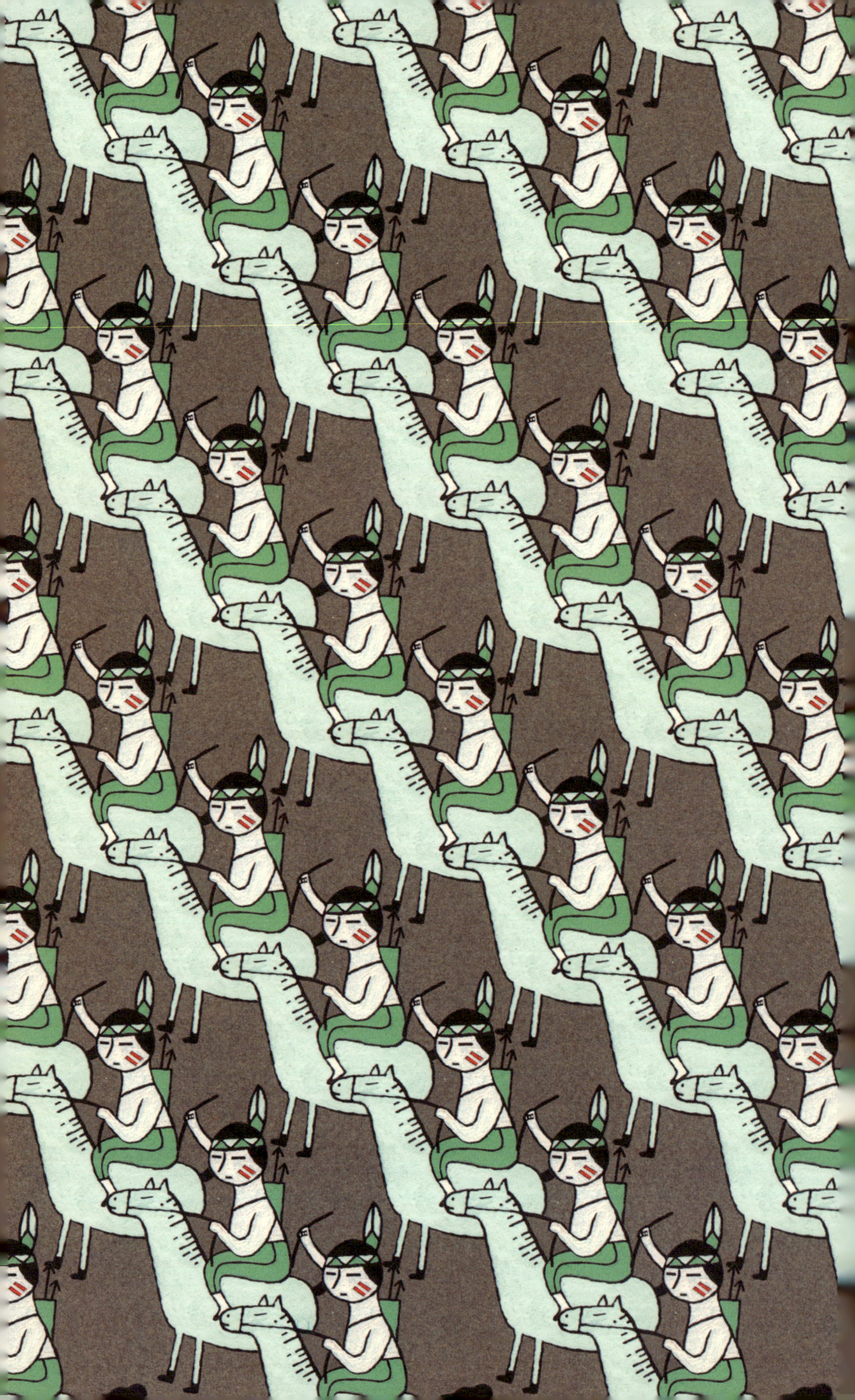

La visita oficial, el diploma, el hombre del libro de los récords, su primo y otras cosas

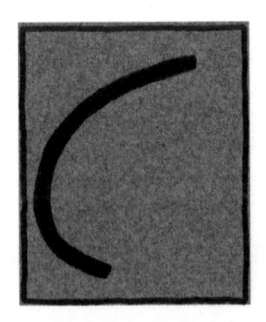

Calzas Bancar Andras Sarratapa Fandargandan abrió la puerta del despacho de Klaus Wintermorgen empujando con todas sus fuerzas, y Juanito Tot y Verónica Flut entraron despacio tras él. Allí estaba Klaus Wintermorgen con su camiseta que decía KW con un rayo azul, y su pajarita, y su barba blanca. El despacho seguía siendo increíble, más increíble que nunca, lleno de todos los trofeos de récords del mundo que había ganado. Klaus Wintermorgen estaba en el centro del despacho, de puntillas sobre el dedo gordo del pie izquierdo.

–Hola, niños, aquí estoy batiendo el récord del mundo de estar de puntillas sobre el dedo gordo del pie izquierdo. Ya llevo tres horas, quince minutos, diez segundos...

Luego dio una voltereta y apretó el botón rojo que estaba a su lado. Por los altavoces volvió a sonar la misma música de siempre de trompetas y aplausos: «¡Tachán! Récord pulverizado poooor Klaus Wintermooooooorgen».

–Ji, ji, ji –se rió Klaus Wintermorgen con su risa agudísima–, creo que habéis perdido... No habéis batido ningún récord del mundo que yo no pueda batir así que no me queda más remedio que...

–¡Un momento! –gritó una voz misteriosa.

–¿Qué pasa? –preguntó Klaus.

–¡Un momento! –volvió a gritar la voz. Y cuando se volvieron hacia la puerta vieron dos hombres que estaban allí; uno con un traje de color dorado, un maletín y un sombrero, todos de color dorado, y otro vestido con bañador, camisa hawaiana y gafas de sol.

–¡Un momento! –volvió a gritar–. Permítanme que me presente. Mi nombre es Franck Ófono, y este es mi primo Miguel, que está de vacaciones, por eso va con camisa hawaiana.

–Hola, yo soy su primo –dijo su primo.

–Soy el representante del libro de los récords del mundo, que traigo aquí mismo... –dijo Franck Ófono, mientras sacaba un libro con las tapas doradas–. Y desde el principio de esta historia me han interesado mucho las aventuras de Juanito Tot y Verónica Flut.

—Pues si las has seguido desde el principio —dijo Klaus Wintermorgen—, habrás descubierto que no han batido ningún récord que yo no pueda batir mucho mejor.

—No es verdad —contestó Franck Ófono—. Juanito Tot y Verónica Flut han batido sin darse cuenta un récord del mundo que tú no puedes batir, por eso les traigo aquí un diploma, y he escrito sus nombres en el libro de los récords.

—¿Y cuál es? —preguntaron sorprendidos Juanito Tot y Verónica Flut.

—Juanito Tot y Verónica Flut son los niños que más récords han intentado batir del mundo SIN CONSEGUIRLO. Y eso es un récord que tú no puedes batir, porque tú siempre lo consigues, Klaus Wintermorgen. Lo han intentado exactamente 438 veces, y nunca se han cansado de intentarlo, aunque nunca lo conseguían. Por eso al final lo han conseguido, aunque ni siquiera ellos mismos lo sabían.

—Enhorabuena —dijo el primo de Franck Ófono, que estaba de vacaciones.

—¡Lo hemos conseguido, Juanito! —gritó Verónica.

Juanito Tot y Verónica Flut se dieron un abrazo y se pusieron a bailar y a dar vueltas como locos de alegría por el despacho de Klaus Wintermorgen.

—¡Alucinante! —gritó Juanito.

—¡Silencio! —dijo Calzas Bancar—. ¿No escucháis algo extraño?

—No, ¿el qué? –preguntó el primo de Franck Ófono, mientras se quitaba las gafas de sol–. No veo un pimiento con estas gafas...

Y efectivamente, había un ruido extraño, como de tambores, pero en pequeño. Todos se quedaron escuchando en silencio.

—Creo que sé de quién se trata... –susurró Klaus Wintermorgen.

—¡Mira, Verónica! –gritó Juanito–. ¡Son los duendes Arapajoes!

En cuestión de segundos se vieron rodeados de una tribu gigante de indios pequeñísimos con sus pinturas de guerra, todos en formación, con sus arcos enanos y sus flechas todavía más enanas. Tenían las caras muy serias y unos caballos de su tamaño, que hacían relinchos minúsculos. Se quedaron detenidos en formación, y tres duendes indios pequeñísimos se separaron del grupo. El primero, que llevaba unas plumas de miles de colores, se acercó un poco más:

—Hau –dijo, porque era el saludo indio, como «¿qué tal?», pero en indio–. Mi nombre ser Arapajito Allaquevoy, gran jefe pequeña tribu duende Árapajoe. Nosotros caminar muchas lunas para llegar castillo Wintermorgen. Nosotros felicitar Juanito Tot y Verónica Flut. Ser bonita historia. Gustarnos mucho.

—Muchas gracias —dijeron Juanito Tot y Verónica Flut.

—Nosotros divertir mucho con historia Papelerra. Felicitar también Papeloto.

—Muchas gracias —dijo Papeloto.

—Nosotros reír hasta pis con historia vuelo-pedo Calzas Bancar. Divertir mucho. Intentar volar nosotros también. No poder.

—Muchas gracias —dijo Calzas Bancar.

—Por eso nosotros decidir liberar maldición duende Arapajoe a Klaus Wintermorgen para que no estar más obsesionado con batir récords mundo y ser hombre feliz. Ahora nosotros hacer baile mágico y decir palabras mágicas.

Los duendes Arapajoes hicieron una pequeñísima hoguera y se pusieron a bailar alrededor con sus minúsculas hachas de guerra, dando gritos. Luego comenzaron a cantar:

Nosotros los indios arapajoes, somos risueños,
somos pequeños, tenemos caballos de ojos de leño,
nos traen y nos llevan, sin que les de sueño, por
eso gritamos y decimos ¡Hau! Para liberarte,
Wintermorgen, Klaus.
Y vamos cazando por la pradera, porque en la
montaña nos da mucha pena, tenemos costumbres,
prendemos la lumbre, miramos al cielo y decimos

¡Hau!, para liberarte, Wintermorgen, Klaus.
Verónica Flut y Juanito Tot fueron los pioneros, por eso muy bien se lo pagaremos. Haremos un baile y una canción, con esto termina nuestra maldición. Gritamos al cielo y decimos ¡Hau!, para liberarte, Wintermorgen, Klaus...

Cuando terminaron el baile hubo una gran explosión de fuego y humo rosa donde estaba Klaus Wintermorgen y durante unos segundos no se pudo ver nada. Abrieron las ventanas para que se ventilara y buscaron con asombro a Klaus Wintermorgen, que había desaparecido.
–¿Dónde se habrá metido? –se preguntaban.
Pero a los pocos segundos se oyó una voz que decía:
–Yo soy Klaus Wintermorgen.
Juanito Tot y Verónica Flut se quedaron con la boca abierta. Frente a ellos apareció un hombre tranquilo, con el pelo blanco y un traje blanco que sonreía. Su voz se había vuelto normal, y era muy guapo. Ya no parecía que todo en su cuerpo era demasiado grande o demasiado pequeño. Hizo unos pasos de baile y luego se acercó a Juanito Tot y Verónica Flut.
–Muchas gracias por haberme liberado, niños. Ahora soy un hombre feliz. Por eso, como estoy tan contento, yo también voy a cumplir mi palabra y liberar a

Calzas Bancar, para que pueda irse volando con sus ovejas a donde él quiera.

–¡Yuju! –gritó Calzas Bancar, e hizo una voltereta con pedo.

–Ahora hay que celebrarlo, batiendo nuestro último récord... Haremos la fiesta más grande del mundo en el castillo Wintermorgen...

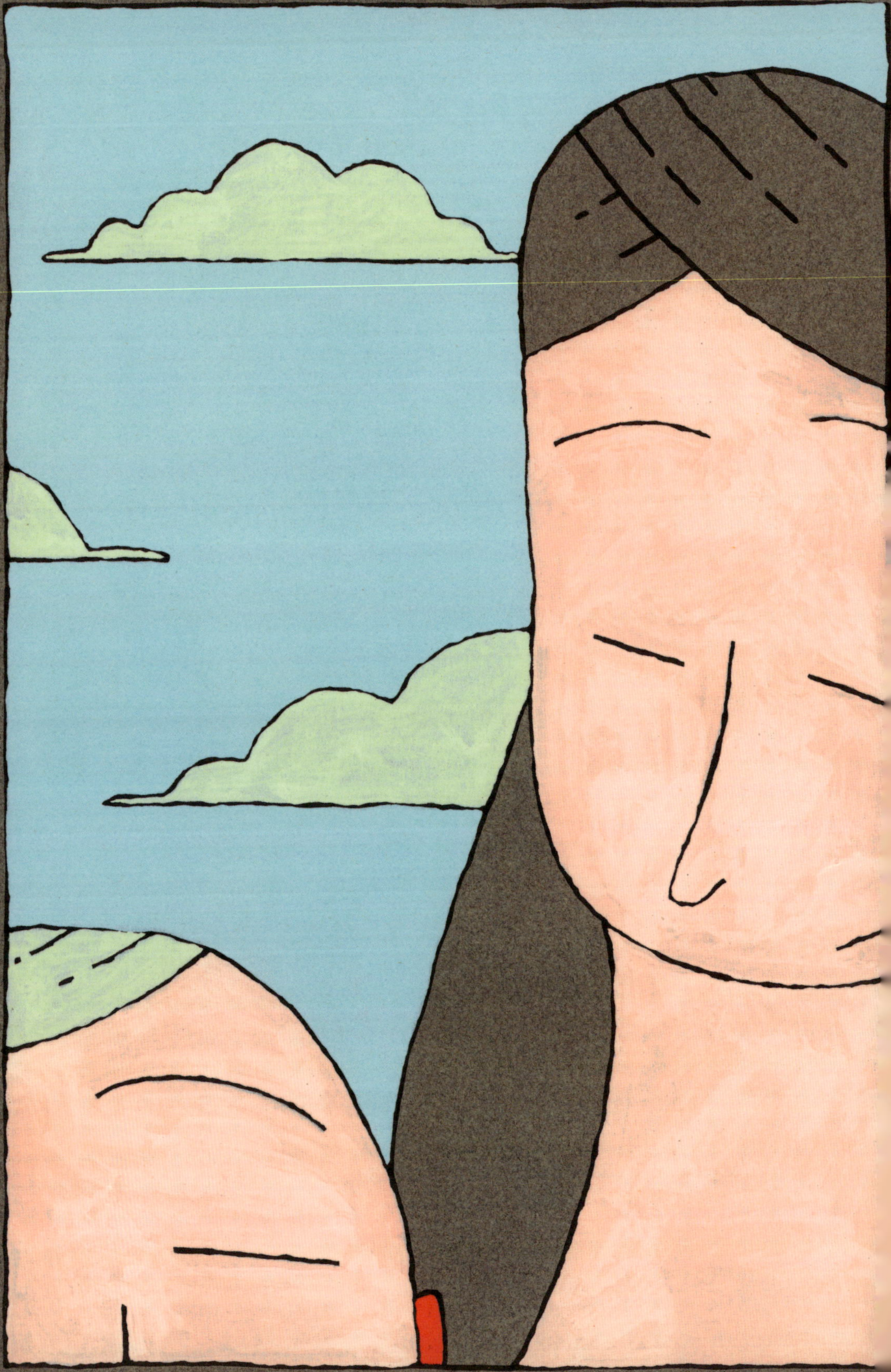

La fiesta más grande del mundo

Todo el mundo fue invitado a la fiesta más grande del mundo. Todo el mundo dijo que sí. El castillo Wintermorgen parecía que iba a explotar de alegría, porque todos tenían muchas cosas que celebrar. Calzas Bancar y sus ovejas hicieron una exhibición acrobática de vuelos con pedo de colores, y pintaron en el aire las banderas de todos los países. Klaus Wintermorgen, que resultó ser un bailarín buenísimo, hizo un baile de claqué, hasta los habitantes del Quinto Pino y los papelanos asistieron a la fiesta. Los duendes Arapajoes se divirtieron muchísimo e hicieron también un número en el que saltaban de unos caballos a otros sin caerse. Y así estuvieron tres días seguidos de fiesta, hasta que tuvieron que irse a sus casas.

Juanito Tot y Verónica Flut fueron los últimos en salir de la fiesta, y todo el mundo les daba abrazos y besos, y les felicitaba por su gran hazaña. Cuando por fin se quedaron solos y salieron del castillo, los dos se dieron la vuelta y lo miraron por última vez. Verónica le puso el brazo por encima del hombro y le dio un beso a Juanito, y a Juanito se le pusieron las orejas rojas como tomates, y se rieron.

–Ha sido una historia increíble, Verónica Flut –dijo Juanito, lleno de alegría...

–No –contestó Verónica con una sonrisa–. Increíble no es la palabra que hay que decir...

–¿No? Entonces, ¿cuál es?

–Alucinante –dijo Verónica Flut–. Ha sido una historia alucinante...

Obras de Andrés Barba
publicadas en Ediciones Siruela:

Historia de Nadas (2007)

*La alucinante historia de Juanito Tot
y Verónica Flut* (2008)

LAS TRES EDADES

ÚLTIMOS TÍTULOS

143. LOS SECRETOS DEL BOSQUE SALVAJE
Tonke Dragt

144. EL SOMBRERO DEL MAGO
Los mumin
Tove Jansson

145. EL SEÑOR BELLO Y EL ELIXIR AZUL
Paul Maar

146. CACTUS DEL DESIERTO
Roberto Aliaga

147. RELATOS DE LOS HÉROES GRIEGOS
Roger Lancelyn Green

148. NO HAY GALLETAS PARA LOS DUENDES
Cornelia Funke

149. VACACIONES EN EL HIMALAYA
Vandana Singh

150. EL ENIGMA DEL SÉPTIMO PASO
Tonke Dragt

151. EL SECRETO DEL FUEGO
Henning Mankell

152. MEMORIAS DE PAPÁ MUMIN
Los mumin
Tove Jansson

153. LAS AVENTURAS DE ULISES
Giovanni Nucci

154. ESCALOFRIANTES HISTORIAS
DE NIÑOS PRODIGIO
Linda Quilt

155. EL ALFABETO DE LOS SUEÑOS
Susan Fletcher

156. JUGAR CON FUEGO
Henning Mankell

157. EL SECRETO DEL RELOJERO
Tonke Dragt

158. DOS BRUJITAS SALVAJES
Cornelia Funke

159. MIS CUENTOS AFRICANOS
Nelson Mandela

160. HISTORIA DE LA MÚSICA PARA NIÑOS
Monika y Hans-Günter Heumann

161. EL FINAL DE LA INOCENCIA
Linzi Glass

162. QUE EL CIELO ESPERE
Katja Henkel

163. WASSERMAN: HISTORIA DE UN PERRO
Yoram Kaniuk

164. VIVIR EN SPRINGFIELD
Sergio S. Olguín

165. UNA DULCE HISTORIA DE MARIPOSAS
Y LIBÉLULAS
Jordi Sierra i Fabra

166. LA IRA DEL FUEGO
Henning Mankell

167. SERENA
Juan Cruz Ruiz

169. MUERTE DE TINTA
Cornelia Funke

170. AVENTURAS DE DOS GEMELOS DIFERENTES
Tonke Dragt

171. UNA LOCA NOCHE DE SAN JUAN
Los mumin
Tove Jansson